U0916471

万榕书业

匠心|品质|经典|阅读

留守

北方乡村的生命纪实

刘大胜◎著

北方联合出版传媒（集团）股份有限公司
万卷出版公司

目录

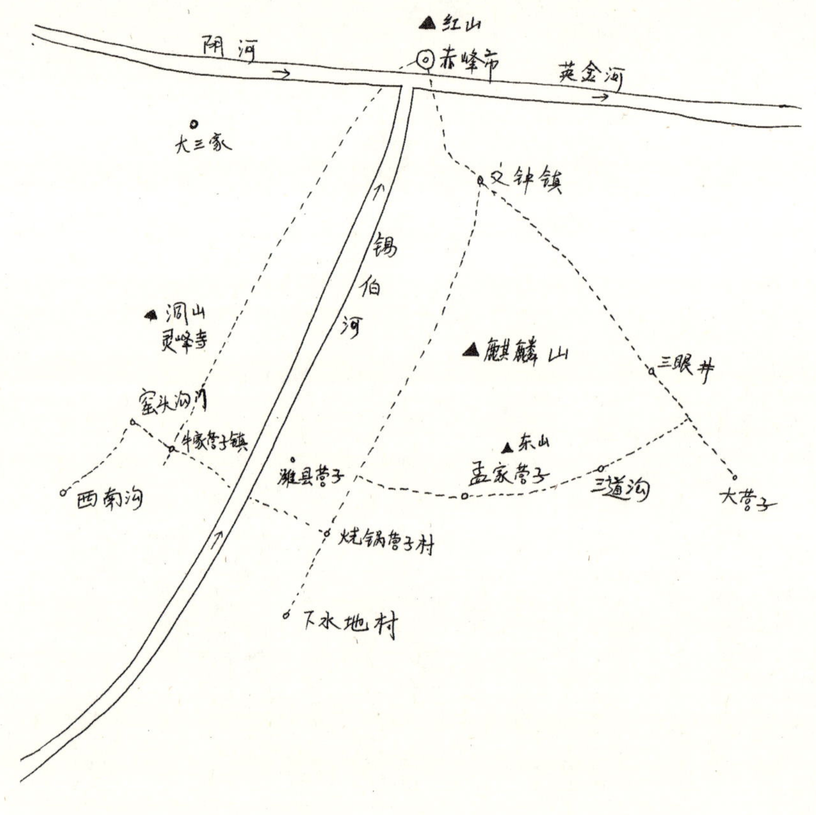

一笔一画都是我模糊且悠远的记忆，

或长或短的线条中守望着可爱的水和山。

引 言

奶奶去世时，我在北京，小孩还未满月，妈妈赶来帮忙照料。直到爸爸张罗丧事，通知在外地的至亲回家，我才知道奶奶已经去世。

爷爷和奶奶苦了一辈子，养育子女委实不容易。爷爷晚年病得严重，后来连地也下不来。他去世那晚，一家人都守在身边。奶奶去世时，我和妈妈却不在。

九个小时的火车，我带着无限的思念和感伤前行。一处处黑暗的隧道，正如我昏暗的心情，似乎总也走不出去。忽然发现我已经离开家乡很久，虽然每年都回来一两次，但却感觉距离越来越远，连记忆都渐渐地模糊起来。

等我从赤峰站打车回到家中，跪在灵前，已经是晚上九点多。灯光映在奶奶的遗像上，似乎她并没有离去，还有话想对我说，只是无法张口。十个月前离开时，奶奶还能下地走路，现在已经阴阳两隔。爸爸和四叔赶紧出来，一阵劝慰，拉我进屋聊了很久，很多许久没有见过的至亲和远亲，在感伤中聊起彼此的现状。

当晚，我在外面守灵，木头燃起高高的火苗，经声佛号念个不停。又和几个哥哥聊了很多，不知不觉到了深夜。

家人们的哀伤少了很多，不像爷爷过早去世那么伤心。人都有归宿，也许那个小盒或者大棺木才是真正的家。该做的事情做完，该说的话说完，完成一生的使命，得享高寿然后自然离去，也算是不幸中的大幸。奶奶过世时已经九十多岁，这样的丧事也足以称得上“喜丧”。

小时候，爷爷、奶奶最疼的是二大爷家的姐姐、我的亲哥哥和老婶家的兴冉。因为姐姐是孙辈中的第一个，哥哥从小身体不太好，兴冉则常在身边。爷爷、奶奶一直跟着老叔、老婶过，我小时候还经常去老叔家。后来我上学了，游学他乡，回家的次数越来越少，每次回去只感觉奶奶越来越瘦弱。

前年过年，我又去看奶奶。奶奶拉着我的手说：“这辈子受罪太多了，年轻时不容易，遭的那个罪没边。现在老了，都九十岁了还不死，可能不久就要死了。死了也好，不再拖累子女。你这也老大不小，该要个孩子了。没孩子没意思，有人才有干头，混来混去就是混个人气。你再回来时，可能就看不到奶奶了，再看到也是躺在棺材里。”

就这样，断断续续地讲了一下午。

记得二大爷家的兴文哥当兵时向爷爷辞行，爷爷对他说：“你去当兵，这辈子看不着你了。”哥说：“没事，当个三年几年的兵，混好了就回来孝敬您。”爷爷说：“我有一种预感，见不到你了，你走吧，自己照顾好自己，别忘了爹妈。”后来，兴文哥真的没有再见到爷爷。或许直系血缘之间的感应真的那么直接而准确，冥冥之中皆有定数。

奶奶的丧事按部就班地进行，直到棺木被抬上山，放进预先挖好的坑里和爷爷合葬在一起。几根大钉子钉下去，当当当地响个不停，凄厉的声音划破长空，传出很远很远。二大爷、爸爸、四叔和老叔扶着棺木，六十多岁的老姑已经哭得没有力气。第二天，一家人按照丧礼开着车，拉上一车土给新坟填上，算是完成了整个仪式。

人生总是有起有落，生命也是有生有死，正如庭前花开花落，天上云卷云舒。父母养大子女，子女给父母送终，这种延续了多年的习俗，还会一代一代延续下去。

几年前，阎连科在《我与父辈》中以哀婉的笔触诉说了一个时代，讲述了父辈们平凡、坚忍、辛酸、悲苦的一生。文风苍凉而感伤，却又带着一丝让人活下去的动力。“在赤贫之境中挣扎的父辈们，却以亲情哺育儿女的善良感恩。亲情是养育善良的土壤、阳光和细雨。”我的父辈和祖辈又何尝不是！一辈辈辛苦操劳，难得吃上饱饭，直到改革开放包产到户，农民才真正圆了千百年的温饱梦。

我的所思所学、专业训练，从来没有与家乡产生联系，似乎研究和创作仅仅是自己的事情。从锡伯河川、东山脚下走出来，已经不可能回去。家乡早就远去，祖辈和父辈也已经老去甚至死去，如一抔黄土重归大地。

家族的血缘和亲情无法割断，随时随地牵动着每个人的内心。逝去的人留在活人的记忆里，也是一种永恒。既然注定一生与文字打交道，于笔墨之间求温饱，在真理与谬误的辨析之中实现人生价值，为家乡写一本书、写几本书又有何不可？这是我心底之想。

锡伯河的流水、东山上的田野、乡间的小路，有时感觉那么清晰，有时感觉那么模糊。嘈杂的赌博、喧闹的二人转、辛勤的田间劳作、有说有笑的闲话聊天，这些日常场景只存在记忆中。形之于笔墨，那么近，又那么远。

谨以一个普通家族的悲苦与欢乐、成功与失败、彷徨与奋进、失落与充实，折射社会的发展历程，为中国近百年历史提供一个注脚。

这便是本书的缘起。

第一章　乡关何处

人人都有一个故乡，生活在他乡，却依恋故乡，我在他乡与故乡之间迷离、错位和彷徨。回溯历史的源流，几代故乡人追求着饱与暖，直到改革开放后才实现。

赤峰大地

我来自北方大地的一个小村落，全称是内蒙古自治区赤峰市喀喇沁旗牛家营子镇烧锅营子村孟家营子。长长的地名实在不好记，就先从赤峰市说起。

赤峰是内蒙古自治区下辖的一个地级市，位于内蒙古东南部，东北经济区和环渤海经济区的腹地，曾获得全国双拥模范城和地市级卫生城等称号。因巍峨壮美的红山得名，红即是赤，山即是峰。全市总面积9万平方公里，辖三区、七旗、二县，是一个以汉族、蒙古族、满族为主的多民族聚居区，属温带半干旱大陆性季风气候，春季干旱，夏季炎热，秋天凉爽，冬季漫长。

赤峰是中华文明发源地之一，距今约一万年前就有人类活动。考古学家在翁牛特旗山嘴子乡上窑村发现一个洞穴，高出地面100多米，附近有人类使用过的原始打制石器，以及经过烧烤、食用过的肿骨鹿骨骸。经鉴定，应属于新石器时代早期人类活动遗存。其后，赤峰地区陆续产生兴隆洼文化、赵宝沟文化、红山文化、小河沿文化和夏家店文化，以红山文化最为著名。

1971 年，被誉为红山文化象征的“中华第一龙”——红山碧玉 C 型龙出土，赤峰市因此被誉为“中华玉龙之乡”。该文物呈钩曲形，口闭吻长，鼻端前突，上翘起棱，端面截平，有并排两个鼻孔，颈上有长毛，尾部尖收而上卷，形体酷似甲骨文中的“龙”字。中国社会科学院考古研究所内蒙古第一工作队队长刘国祥认为，红山碧玉 C 型龙在迄今为止发现的文物中最具龙形。现在，华夏银行仍使用“中华第一龙”作为标志。

夏家店文化与我所在的村落息息相关。据《喀喇沁旗志》记载，夏家店文化是青铜文化的代表，广泛地分布于赤峰地区，锡伯河两岸尤其多，孟家营子附近就有一处。靠近营子的东山坡上，人们经常在那里挖土，逐渐露出一片灰堆。灰堆呈 V 字形，深两三米，长数十米，最宽处四五米。据专家考证，这是先人留下的灰烬，显示那时当地居民已经适应定居的农耕生活，兼营狩猎畜牧。

自东周到魏晋，先后有东胡、匈奴、乌桓、鲜卑等民族在此地活动。伴随着与中原汉族政权的争斗，该地几经战火，农耕和游牧交替进行，汉族文物遗址时有发现。

魏晋之后，契丹在赤峰崛起。契丹原为鲜卑别种，长期与宇文、库莫奚等部杂处游牧。随着经济的不断发展，部族日众，逐渐从鲜卑部族分离独立，自号“契丹”，中心区域在今西拉木伦河下游南部。

关于契丹先祖起源，有一个神话故事。一位久居天宫的天女觉得云霄之上的生活枯燥寂寞，乘云来到人间，坐着一头青牛拉的车，从一个叫“平地森林”的地方顺潢水（今西拉木伦河）而下。同时，一位神人乘着一匹白马，从“马盂山”顺土河（今老哈河）向东。二人在两河交汇处，即木叶山相遇。

此时，天降花雨，地生灵芝，百花齐放，百鸟争鸣，大地升起一片祥瑞之气。二人携手相亲，花香传递心声，鸟语倾诉情怀，男欢女爱后生育了八个孩子，分别成为八个部落的首领。

这就是契丹族关于自己始祖的传说。据历史学家研究，白马青牛的传说揭示了部分历史事实。游牧于潢水、土河流域的契丹族由原来的青牛、白马两个部落发展而成，最后壮大为八个部落。

时至唐代，中央王朝在此设置松漠都督府，以契丹大贺氏酋长为左领军将军兼松漠都督，赐姓李。这是唐王朝对少数民族的羁縻政策。松州或松漠后来成为赤峰的代名词，赤峰电视台原来有个节目就叫作“松州大地”，已经去世的北京大学历史系教授刘浦江一生研究辽金史，给自己的论文集取名《松漠之间——辽金契丹女真史研究》。

安史之乱削弱了中原王朝对边疆地区的统治，契丹民族壮大起来，经过百余年的生聚，有了建立新王朝的意愿和实力。公元917年，趁着中原王朝征战不休和改朝换代的间隙，契丹首领耶律阿保机自称皇帝，定国号契丹，建元神册，表示自己的国家接受了天神的册封，建都临潢，即今巴林左旗林东镇南。契丹国力强盛，与中原政权对峙未落下风，威名远播西方，在世界历史产生广泛影响。直到现在，俄语中还把中国称为契丹。

当时，契丹北部的游牧腹地潢水、土河流域已有农耕区，分布在今天赤峰地区的巴林左旗、喀喇沁旗西桥乡、松山区西南一带。北宋著名文学家苏辙出使辽朝，根据沿途所见辽地风光作《奉使契丹二十八首》，其中《出山》描绘辽地的生活情景，以及汉人对于失地的感伤：

燕疆不过古北关，连山渐少多平田。
奚人自作草屋住，契丹骈车依水泉。
橐驼羊马散川谷，草枯水尽时一迁。
汉人何年被流徙，衣服渐变存语言。
力耕分获世为客，赋役稀少聊偷安。
汉奚单弱契丹横，目视汉使心凄然。
石瑭窃位不传子，遗患燕蓟逾百年。
仰头呼天问何罪，自恨远祖从禄山。

女真族兴起后建立了金朝，逐渐攻灭契丹族建立的辽朝。公元1138年，原来辽朝的上京被取消，改称临潢府。公元

1153 年，金海陵王迁都燕京，又将辽朝原来的中京改为北京大定府，设留守司、转运司、警巡院等机构，将临潢府归属北京路。从此，盛极一时的赤峰地区失去了昔日的政治中心地位。

女真族还没兴盛多久，蒙古人又在北方兴起。公元 1215 年，“四杰”之一的木华黎率蒙古军攻占临潢府，继而攻打北京大定府，败其留守，随后占领该地。元王朝正式建立后，在中央腹地设中书省，各地设行中书省，赤峰一带属辽阳行中书省。北方的经济和文化有所发展，藏传佛教寺庙大量兴建。公元 1287 年，位于今喀喇沁旗北山谷的著名寺院龙泉寺重修落成，那里山明水秀，景色宜人，环境幽静，美不胜收。

元军被明军打败后，蒙汉在赤峰一带展开激烈争夺，汉人始终没有完全占有，该地依然是蒙古人的游牧区，伴有少部分汉人的农业生产。建州女真兴起后，受明朝支持的漠南蒙古林丹汗强盛起来，喀喇沁旗部战败后归顺后金政权。公元 1633 年，皇太极下诏征伐林丹汗，命令已归附的蒙古诸部出兵同讨，双方在今克旗西北锡林河源一带展开激战。林丹汗受重创，将士死伤惨重，无奈只好一路西逃，最后病死在青海大草滩。

清朝建立后，内蒙古地区实行会盟制度，赤峰北部属昭乌达盟，南部属卓索图盟。公元 1681 年，康熙皇帝以“喀喇沁、敖汉、翁牛特诸旗敬献牧场”的名义，设置木兰围场，又将克什克腾旗南部一大块土地划进来。木兰围场东西和南北各距300里，总面积约1万平方公里。公元1690年，康熙皇帝御驾亲征，指挥清军在乌兰布统大败噶尔丹，把准噶尔势力赶出赤峰地区，迎来百余年的和平。

鸦片战争后，清朝内忧外患频现，赤峰爆发白凌阿起义和金丹道起义，社会经济遭到严重破坏。汉人逃荒至此，四处开垦土地，西方宗教也传入该地，蒙古王公无力处置，蒙汉仇杀和教民冲突此起彼伏，仇杀事件频繁发生。土匪猖獗，几乎哪里都有大大小小的土匪活动，官兵在剿匪过程中大肆抢掠财物，比土匪还厉害。

晚清民国，赤峰最著名的人物是喀喇沁右翼旗第十四任札萨克贡桑诺尔布，世人称其为贡王。贡王字乐亭，号夔盦，从小受到良好教育，喜吟咏，好属文，工书法，擅绘画，通晓蒙、满、汉、藏等文字，被称为蒙古草原的一只雄鹰。26岁袭爵郡王，兼卓索图盟协理盟长。

为谋民族振兴和经济文化之发展，他大力推行旗政新举措，开办新式学堂，注重农牧改良，兴办商贸实业，创办警务，开通邮政业务，建立报馆书馆，支持蒙文印刷，创建蒙藏学校，为塞北蒙古诸部翘楚。后来进京随侍，常伴慈禧太后、光绪皇帝和摄政王载沣身边。辛亥革命后，与那彦图等亲王坚决反对清帝退位，准备重整内外蒙古的部队再战，无奈时局不顺人意，只能接受清帝退位的现实。

辛亥革命后，贡王积极筹划内蒙古的独立和高度自治，私自从日本运输军火，军火后被北洋军截获，军事斗争失败。

袁世凯为了防止这只蒙古草原上的雄鹰腾飞，采取传统的羁縻笼络政策，威逼加利诱，调其入北京，封其为亲王，位居蒙古王公之首。

其后，贡王表达维护五族共和的意志，出任蒙藏院总裁长达十六年，创办蒙古族学校，资助部分家庭困难的蒙古族青年，乌兰夫曾在贡王主持的学校就读。贡王也曾在北京参加国民党成立大会，以唯一的蒙藏代表当选为九理事之一。1931 年，因患脑溢血在北京官邸去世，壮志未酬，时年 59 岁。

中华民国前期，赤峰地区属热河。伪满洲国成立后，南部属伪热河省，北部属伪兴安西省。抗战胜利后，仍属热河省，内部行政区划几经变革。1955 年，热河省撤销，赤峰县、宁城县、敖汉旗、喀喇沁旗、翁牛特旗划归内蒙古自治区，与北部五个旗县合并为昭乌达盟。

1969 年，昭乌达盟划归辽宁省。1979 年，又重新划归内蒙古自治区。1983 年 10 月 10 日，经国务院批准，昭乌达盟改设为赤峰市，实行市管县，形成了现今的行政区划。

锡伯河川

喀喇沁旗是赤峰市下辖的一个县级区域，从地图上看像一匹倒立的马。地貌复杂多样，山川相连，地势西南高东北低，大致分为中低山地、浅山丘陵、河谷平原三种基本地形。牛家营子镇位于锡伯河下游，河川平整开阔，东西宽度大约七八公里。烧锅营子村位于河川东岸，俗称河东，与山相傍；镇政府所在地在河川西岸，俗称河西，也与山相傍。

锡伯河发源于内蒙古自治区与河北省交界的茅荆坝，自西南向东北流淌，是喀喇沁旗境内最长的一条河流，大约 120 多公里，和流经松山区的阴河汇成英金河。锡伯河在辽代名为阴凉河，因鲜卑族曾游牧于此，蒙古语称此河为“锡伯高勒”，翻译成汉语就是鲜卑人的河流。

锡伯河水流清澈，日夜流淌，温情脉脉，有喀喇沁母亲河的美誉，是喀喇沁的生命之源。《喀喇沁之歌》中这样唱道：“马鞍山是你巍峨的身影，锡伯河是你甜美的歌声，亲王府珍藏岁月的记忆，美林谷拥抱八面来风。”

锦山中学的老校歌写道：“巍巍花山脚下，潺潺锡伯河畔，坐落着我们美丽的锦山中学。”可见，锡伯河对喀喇沁多么重要。公元1698年，康熙盛京祭祖路过此地，曾写出“古木苍山路不穷，霜林飒沓响秋风，临流驻跸归营晚，坐看旌旗落日红”的佳句。

锡伯河水草丰美，景色宜人，但也发生多次洪灾，给当地居民带来巨大灾难。据统计，自民国以来，锡伯河流域暴发洪水十余次，年均损失百余万元。1994年7月12日到13日，全旗连降大雨，山洪暴发，迅速涌进锡伯河，导致河水暴涨，受灾面积涵盖整个中下游。那时，我正走在放学回家的路上，被一阵冰雹暴雨砸得晕头转向，只看见旱沟在涨水，山洪沿着最宽的那条旱沟奔涌而下。

同时，旱灾也在影响农民的庄稼种植。1951年4月到8月，全旗春旱严重，春苗几乎全部旱死，大片耕地翻种后又遭旱灾，农作物未成熟就枯死，锡伯河两岸也不例外。1986年，春季缺少雨水，地下水位下降，泉水消失，锡伯河只剩下一条细流，全部被上游截流。直到6月才下一场大雨，部分农田已经不可能有收成。

为了改变这种状况，锡伯河两岸居民一直在进行农田水利建设，只是效果并不明显。1765年，那还是乾隆年间，牛家营子下水地头面人物杜能温主持修成一处无坝自流引水渠，渠首在马架子，分东西两条主干，末端在横道子，共浇地

2000余亩，此为喀喇沁灌渠之始。1825年，即道光年间，土城子的拔贡郭春早主持修成一条7华里灌渠，渠首在大乌珠穆沁，支渠两条，共浇地1300多亩。此后，锡伯河两岸又修成很多灌渠。

新中国成立后，水利建设发展迅速，所得与所失兼有。1957年，喀喇沁旗在牛家营子公社板沟流域尝试修建3座塘坝，其中一座叫麒麟山塘坝，很多社员参加。

塘坝是在山区或丘陵地区修筑的一种小型蓄水工程，用来积聚附近的雨水和泉水，以灌溉农田，同时也为发电做准备。1958年，全旗掀起修建塘坝、增加水肥的建设热潮，提出五年完成“百库千塘”。1960年全旗建有塘坝177座，1964年猛增到5259座。

1962年，特大洪水过后，整个锡伯河川掀起治河高潮，各乡镇和村落纷纷发动治河大会战，人数最多时高达一万五千人。1973年，旗革命委员会成立治理锡伯河指挥部，对锡伯河再次进行全面规划。除锦山段按照50年一遇的洪水设计外，其他地段均按照20年一遇的洪峰流量设计。

二十世纪五六十年代，牛家营子地区的灌渠不成体系，抢水打架时有发生。于是在旗政府的统一领导下，人们不间断地整修灌渠。1964年4月，灌渠开工，第二年9月竣工，耗费8万余元，建立水闸和斗门三十余个。此后又历经多次整修，灌渠覆盖整个河东和河西地区，完善了牛家营子灌渠的整合。前两年，重修灌渠又被提起来。

以前，因为锡伯河水丰沛，主要是防止洪涝灾害和实现农田灌溉。后来，人们慢慢发现锡伯河水越来越少，河水变成了“黄汤”，鱼儿不见，蛙声消失，整个河床被挖得坑坑洼洼，惨不忍睹。

于是，避免过度开发、重视环境保护和预防水土流失，成为水利建设的另一个重点。治河与治山相结合、工程措施与生物措施一起上、生态效益与经济效益并重，锡伯河川的治理取得一定成效。最近几年，虽然锡伯河流还是很小，但是河水变清了，鱼虾回来了，看上去并不那么荒凉和破败。

“营子”

故乡地名有很多讲究，从中可以看出一些民族地区的特色和社会发展的概况。在赤峰地区，有以盟、旗、苏木、嘎查和市、县、乡、镇、村等为后缀的蒙汉两种地名体系。赤峰市原名昭乌达盟，喀喇沁旗的名称则一直沿用至今。

“苏木”源自蒙古语，行政地位介于旗与村之间，相当于乡镇，“嘎查”的行政地位相当于村。牛家营子地区已经没有“苏木”“嘎查”等称谓，可以看出该地已经被完全汉化，属于完全的农耕区。

在锡伯河川，地名后面有很多共同的后缀。以自然地貌作为后缀，有山、岭、梁、湾、林、沟、坡、河、洼、沿、沟、沟门等，比如我姥姥家原来住在西南沟，后来搬到窑头沟门，我的大姨则嫁到阳坡。以人工建筑作为后缀，有庙、井、铺、店、阁、府等，比如我的同学就有来自陈家店、药王庙等村落的。

还有一种以“营子”作为后缀和通名，广泛存在于锡伯河川。《说文》上讲，“营”是“帀居”的意思。段玉裁解释说，“帀居”就是“环绕而居，如市营曰阛，军垒曰营”。通俗来讲，“营”是四周垒土而居，军队驻扎的地方。

元朝和清朝时期，军队会在扎营地区修建道路、平整土地、引水打井，以改善当地的居住环境。后来汉人大量迁入该地，最早形成的村落就叫营子。本来应该称为“营”，在后缀加上“子”是典型的东北方言。在内蒙古东部和东北等地，存在把“营子”用作自然村落通名的情况，营子前加上专名就成为一个村落的具体名字，如牛家营子、王家营子等。

牛家营子镇在锡伯河川的下游，隶属内蒙古赤峰市喀喇沁旗。我上学的时候，全镇辖13个行政村，103个自然村，南北长37公里，东西宽31公里，总面积354平方公里，总户数8000多户，总人口40000多人，有蒙、汉、满、朝鲜四个民族。

后来经过行政区划调整，临近的永丰乡被撤销，全部划归牛家营子镇，面积和人口有所增加。牛家营子镇的自然村落中，有一半左右以营子作为通名和后缀。具体而言，专名又有几种命名方式。

第一种以住户家族姓氏命名。以前农村人文化素养不高，在少数民族地区更是如此，以姓氏作为村落名最为朴素，也最能被大家接受。这种命名方式最多，有十几个，很多时候还会在姓氏后面带个“家”字，表示人们对宗族观念的重视。

公元1655年，焦家来西山建村，形成了焦家营子。公元1739年，牛家来此建村，以姓取名，后来成为镇政府和村委会的名字。我所在的小村落叫孟家营子，源自孟姓人家于1910年在此建村。老孟家后来搬走，村落名字则一直沿用至今。

第二种以人物命名。过去社会等级制度森严，各阶层壁垒严重，满蒙贵族、地主和其他有名望的人比普通百姓要高一头，所以很多村落取自这些人的名字或者身份。

1638年，财主马天卷来此建村，于是就有了财主营子。紧挨着孟家营子有个张西故营子，源自1915年张西故来此建村，因人名取村名。随着时间的推移，很多农村人包括本营子的人都对村落名感到陌生，不知道张西故原来是个人名。

第三种以商户或作坊命名。传统农耕社会以农为主，商业小作坊很普遍，地位也很特别。公元1740年，因李、任两家在此开烧锅，所以被命名为烧锅营子，后来成为村委会驻地。我们村有一个王木匠营子，是因为1895年王木匠来此建村，一直做木匠手艺，以此作为村落名。

村中还有一个裁缝营子，则是因为一个裁缝于1766年迁到此地，开了一个裁缝店。裁缝营子离烧锅营子小学不远，几步路就到，学生上学方便。小时候，我的同学开玩笑说他们是“才放营子”的人，才放学就到家，让我们这些来回十多里路的同学非常羡慕。

第四种以地理位置或代表性事物命名。牛家营子地区位

孟家营子西面的小路和田地

于锡伯河流域，有的年份洪水泛滥，有的年份河流又断绝，经常有旱涝灾害，于是建立了一座龙王庙。1733年，有人来此建村，就称自己的村落是龙王营子。还有一部分人为了躲避洪水，搬迁到高处的山坡上。1830年，有人迁到一个斜斜的山坡上，于是村落被命名为偏坡营子。

第五种以迁居人原籍命名。祖先从中原地区逃荒逃难出来，背井离乡，心中怀念故土，同时也提醒儿孙不忘故土，多以家乡作为村落名。1785年，有一陕西人来此建村，故名陕西营子。我二大爷家的姐姐嫁到这里，亲戚每回提起来，都说是陕营子，不知道真正的名字是陕西营子，大概时间久远，人们已经忘记村落的真正来源。

1682年，有一河南人来此建村，因营子小，所以叫小河南营子。1683 年，又有几个河南人迁到这里，因比小河南营子大，所以叫大河南营子。我们村有个潍县营子，源自几个山东潍县人于 1740 年迁居于此。

第六种因为政治因素而改名，团结营子的来源就是一个例子。1746 年，有蒙古人在此打一眼井，俗称“达子井”，后来成了村落名。“达子”又作“鞑子”，是旧时汉人对满蒙民族的蔑称，有“八月十五杀鞑子”之说。

村里人还传说，以前汉人每几户要供养一个蒙古人，蒙古人对大闺女小媳妇有初夜权，而且常吃常住，每一家还专门预备一个“春凳”，供蒙古人休息用，直到现在，村里人还说谁家有个“春凳”。

1955 年，为了促进民族团结，“达子井”改成“团结营子”。现在，当地还有老人称“团结营子”为“达子井”。解放营子的来历也是因为政治因素，旧时大地主解家生活在此，地主被推翻，村落也要有新气象，被更名为“解放营子”。

另外，在牛家营子镇的村落命名中有一定的民族特色。1894 年，此地有座王爷的家庙，王府派三户蒙古人定居经管，蒙古营子的称谓沿用至今。这里原来属于漠南蒙古喀喇沁王爷的属地，以营子作为后缀的蒙古称谓只有这一个。

除了这些，也有一些村落不以营子做后缀。乌珠梅沁源自蒙古语，意思是种葡萄的人。1683 年，因迁居的新户善于经营葡萄，故得名乌珠梅沁。1733 年，又有一个善于经营葡萄的山东人来此定居，为作区分，称此为小乌珠梅沁，原来的乌珠梅沁地名前面加上一个大字。可见，在社会发展和民族融合过程中，这里留下了许多蒙古痕迹。

因为时间过去太久，村民对乌珠梅沁的含义已经非常模糊。村里人听《说岳全传》时，说咱们这边为什么叫“兀术没影”，是因为金朝三太子“兀术”被宋兵追杀，逃到这里，一下子就“没影”了。大概是村子里的人把“乌珠”当成了“兀术”，把“梅沁”当成了“没影”。

每一个地区都有自己独特的故事，地名是一面镜子，带着历史的厚重，反映出当地的社会历史和文化状况。位于锡伯河川的牛家营子地区也是如此，以营子作为村落名是故乡的特色。

饱和暖

俗话讲，人生在世，吃穿二字，饱与暖是千百年来农民的追求。这个梦想有时那么奢侈，那么遥不可及。家乡的景色如此迷人，河流如此丰沛，但在很长一段时间内，一方水土难以养育一方人。

遥远的古代不用讲，战乱、兵灾、疾病、仇杀等天灾人祸无时无刻不在侵袭着农民，上演着一幕又一幕悲欢离合。即使在太平年间，如很多史家大肆吹捧的康乾盛世，吃不饱穿不暖的现象也普遍存在。定居到此地的汉人仅仅是存活下来的少数人，谁又能想象逃荒路上的累累白骨。

赤峰地区主要种植两种作物，一种是高粱、大豆、谷子、麦子、黍子、玉米等粮食作物，一种是花生、芝麻等经济作物。牛家营子地区还特别种植桔梗、沙参、牛膝、党参等药材。

据大姑回忆，家乡发生多次抢粮抢东西的饥民暴动。解放战争时，国民党军队进驻赤峰地区，正规军一路开进，后面跟着装载军用物资的卡车。饥民饿红了眼睛，不顾死活抢夺军用物资。大爷爷的岳父抢了一些盘子、碗、衣服，还有军用毯子，然后拉着满车的物品来到大爷爷家，住了一宿，第二天匆匆忙忙离开。

临走时，他给大爷爷家留了几个碗、几个盘、一床军用毯子，大奶奶还生气留的东西太少。现在分析一下，其实留得不少，人人都困难，还有很多穷亲戚。以前没有被子，一家子人只能穿着衣服囫囵着睡觉，现在可以盖着毯子睡。白天要把毯子卷起来，藏在风箱里，生怕被人告发。

过了几年，家乡又闹灾荒。人们饿得实在没有办法，把临近的大碾子粮站抢了。不管大人还是孩子，能走动路的都去，拿着口袋的，提着衣服的，端着盆的，一窝蜂地都去抢。法不责众，粮站管理完全失控。这样一抢就是好几天，大爷爷和爷爷几家人也参与其中。大姑那时候还小，大爷爷给她弄了一条带补丁的裤子，扎上两条腿，顺着裤腰灌满粮食，大姑踉踉跄跄地扛了回来。

那次抢粮抢得多，大概有几百斤，在最里面的屋里用折子围着，一大家人高兴得不得了。大奶奶赶紧做了一顿小米饭，大姑连吃好几碗。至今回忆起来，大姑还说，那个饭实在太好吃，可能是这辈子吃得最香的饭。

亲戚听说后纷纷过来借，好几十里外的生疏亲戚都来了。爷爷的这个意思是，反正这粮食也是抢了，谁过来就送谁一些。送走几拨亲戚，奶奶看着粮食越来越少，就不太愿意再送人，借个斗管准备用来称粮食，现在借多少到时候还多少。爷爷很生气，埋怨起奶奶，两个人大吵几次。当时谁家都困难，送与不送两难之事，给别人一些，自己家就少了。

这次抢来的粮食没有维持多久，又回到吃上顿没下顿的日子，十天半个月见不着一粒粮食，成天吃秋末菜和土豆。穿得更不用说，总是补丁摞补丁，有时还露着屁股，或者裤子只到膝盖。十四五岁大的姑娘已经老大不小，穷得没有办法，夏天只能穿个大裤衩子，光着膀子上山干活。

实在到了青黄不接、家里一点粮食都没有的时候，就把上边有点硬、下边粒子还很青的高粱穗子割回来，放在笸箩里，用树条子抽下高粱粒，带着高粱帽倒进锅里，煮成高粱米粥。全家人围坐在一起，多少天都靠这些还没有熟透的高粱米维持，对付着过日子。

三年困难时期，地少粮少人多，吃饭最困难。加上几个月不下雨，大地旱得嘎巴嘎巴的，都起皮起球了。人没吃的，干活没力气，种出的庄稼越来越少，形成了一种恶性循环。那个时候有句俗语，叫“种一坡，拉一车，收一捧，做一锅”。

根据上级指示，人们参加大集体，吃的是大锅饭。能劳动的人上山劳动，不能劳动的、带着孩子的、身体不好的人去外面挖野菜，或者在队里推碾子。做出饭后，家家端着盆到食堂打饭，家里有几口人就给几勺。

附近有个人时常往外跑，一跑一两个月，每次回来都带回一些粮票，自己吃得很好。村干部非常好奇，想把事情搞清楚，跟踪起这个人。原来他是拐卖人口的人贩子，花一点粮票从父母手里买来孩子，倒卖到外地，这样从中赚取粮票。村干部抓住他时，他已经拐卖四个孩子，身上有几百块钱粮票。

村子里有一户老赵家，有一点积蓄，家里老人去世后，给弄了一身丧服。没有想到当天二半夜，坟就让人扒开，死人衣服被剥个精光。又把棺材盖上填好土，坟已经不是原来的样子。按照习俗，老赵家第二天去给新坟填土，一看坟变了，知道这里有事。扒拉开一瞧，亡人赤条精光。谁扒下来也不知道，也没地方找，只好自认倒霉。

那时人们挨饿，偶尔猛吃一顿饱饭，无法节制，可能会被活活撑死。蒋玉祥就是一个例子。远处村落的蒋玉祥是个普通的庄稼人，一生辛勤劳作，却换不来个温饱。

一天中午，饿坏了的蒋玉祥拿着盆去食堂打饭去。正好碰到上面工作组检查，那天的饭多搁了一点粮食，还做了豆腐，切好放在厨房里，准备招待工作组。人们看着这个豆腐，馋得直流哈喇子，红了眼似的一定要吃，蒋玉祥也不例外。打饭的大师傅看蒋玉祥的馋样，就逗起他来，说："你要能把整个豆腐吃光，我就多给你打点饭，自己一家子七八口人的饭也全都给你。"

蒋玉祥一听，两眼立马放光，和大师傅打起赌来。他真的一口气把一板豆腐全吃光，大师傅当即傻了眼，话已经说出去，只好多给点饭，自己一家子的饭也给了他。蒋玉祥一边打着饱嗝，一边端着饭，高高兴兴地回到家里。

多少天都没吃一顿饱饭，又猛吃一大堆豆腐，肚子哪里受得了。蒋玉祥回到家就开始胀肚，撑得满炕打滚，半夜时候就不能动弹了。后来就哗哗地吐，把豆腐都吐出来。他老婆赶紧用盆接着，感觉扔了可惜，和孩子把吐的豆腐又吃了。蒋玉祥吐完后，身体更虚弱，大概是胃和肠子已被撑坏，躺在炕上一动不动。过了几天又开始吐，这回吐的是血，后来就死了。

这人半辈子也没吃顿饱饭，临死还被撑死。可见当时是真艰苦，把人逼得没有办法，才会酿成这个悲剧。但凡有啥吃，他也不和大师傅打赌，不赢那个饭；但凡有啥吃，他媳妇和孩子也会把吐出来的豆腐扔了，不会再重新吃一遍。

药农苦累

牛家营子地区种植药材已有300多年历史，早在清朝康熙年间就建有“药王庙”，现在作为一个地名被沿袭下来。改革开放前，药材种植只是零星分布，没有形成规模，很多村落仍以种植粮食为主，只有个别人通过药材勉强维持温饱。改革开放之后，耕地被各家各户承包，农民为了得到更好的生活，纷纷种植经济作物。牛家营子地区的药材才兴盛起来，水田里的药材加上旱地里的粮食，农民很快实现了温饱，平均收入超过附近几个乡镇。

现在，牛家营子地区的药材以人工栽培为主，主要有北沙参、桔梗、防风、党参、牛膝、板蓝根、黄芪、甘草等。年均种植面积4万亩左右，种药农户达7000余户，并辐射带动了周边地区。1999年11月，牛家营子中蒙药材生产基地被国家科技部列为全国乡镇级“五大绿色中药材规范化种植基地”，被中国特色产业基地命名组委会命名为“中国北沙参、桔梗之乡”，产量占到全国总产量的一半以上，以色白、条长、味纯誉满全国，远销海内外。大街上和商场上卖的桔梗咸菜很多都是产自家乡，韩国腌制的桔梗咸菜也有部分产自家乡，每到秋天就有包括韩国人在内的各地商人，到牛家营子收药材。

在旗政府的统一规划下，牛家营子中蒙药材健康产业园区以中蒙药材基地为依托，分别建设包括中蒙药交易中心和医药物流中心的中蒙药健康城，及包括中蒙药博览园和药王纪念馆在内的中蒙药材文化旅游园区和中蒙药材加工区。镇政府还在牛家营子村建起 10 亩实验园，试种 75 种中蒙药材，发挥实验、示范、展示和推广作用。

然而，牛家营子地区的中药材种植、加工的龙头企业不多，大部分药农采取的还是一家一户的种植模式，致使中药材集约化和规模化种植发展缓慢，现代中药材种植技术的推广体系难以形成。中药的采收、加工、销售等环节各自为政，没有形成完整的中药材产业链。

牛家营子镇出产的中药材大部分流入外地药材市场，其中北沙参大量流入广州清平、河北安国、安徽亳州等地。药农处于产业链的末端，只挣上一点辛苦钱。价格随外地市场起伏不定，药农总是跟风种植，致使中药材丰产不丰收。某种药材价格上涨时，大家都疯狂收购；当价格疲软时，又会引发药贱伤农。

在家乡，家家户户的屋子里、院子里都晾晒着桔梗、北沙参等药材。任何一个外地人到了这里，印象最深的就是各种药材。种植药材比种植粮食作物要累许多，其中的辛苦实在不忍心说。生活的希望总是要用汗水与辛酸成就，没有人能轻轻松松赚到钱。

我五六岁时起，就跟着父母在药地里干活，那种辛劳记忆犹新。春天，要平整土地，然后浇地、运地，再刨出小垄沟，把药种上。过了十几天，药苗长起来，又开始间苗。因为要把苗间得稀疏，所以活干起来很慢，一家人一天下来也就能完成院子大小的地方。

然后就是拔草。因为药地施的肥比较多，所以催得杂草特别繁密。一棵棵杂草要拔掉，一天下来也干不了太多，总是感觉这块地还没有干完，那块地的杂草又长起来。如果碰见阴雨天，杂草长得很快。就这样一遍一遍地拔草，一家人很早就上地，中午休息一下，下午接着干，直到太阳落山。沙参本身是药材，遇到露水或者雨水会产生药性，村里很多人为了多干点活，早上露水没退去或者在雨后就上地，从而导致身上青一块紫一块。又加之我对沙参有些过敏，身上总是会出现红肿。

秋天开始挖药材，通常是一个人挖一个人捡。桔梗、党参还好说，只用三四十厘米的铁叉子就能挖出来，沙参则要用五十厘米的大铁叉子才能挖出来。挖时还要平端着放下，不然脆脆的沙参会折断。大铁叉子实在太沉，我这个小身板到现在也挖不了几下，只能猫着腰一棵一棵地捡药。

把药挖出来后，需大致挑选一下，桔梗和沙参还要去皮。沙参最麻烦，先放在沸水里烫熟，捞出来才能褪皮，俗称撸沙参。白天在地里挖药捡药，晚上还要接着撸沙参，十一二点才睡觉。第二天早上四五点钟或者更早，起来接着干。家里人干不动，就要花钱雇人，人工劳务费很高，又是一笔不小的开支。除了整理药材，旱地的粮食作物也要收割，整个秋天家里人是又累又苦。今年收完药材，我给姐姐打电话，姐姐说身上起了很多大疙瘩，脸部长期肿胀，疼得难受。

年景好时，药材的价格比较高，还能多赚点；年景不好时，药材的价格很低，那就只好把药材储存起来，等着价格升高。在我的印象中，药材价格低的时候多，高的时候少，家里总是储存着药材，一摞摞、一捆捆、一袋袋或者一箱箱地堆放在墙角。

网上有几首专门描述牛家营子地区药农辛酸的歌曲，带着一点方言味道，道尽药农的辛劳，其中一首写道：

“药农苦，药农累，药农一年都遭罪。春种秋收汗浃背，起早贪黑还挨累。地不多，可人工费、种子化肥往死贵。想要致富真不易，说啥不能种药地。收入少，可投入多，年头不好白忙活。药农苦，药农难，药农今年不赚钱。想一想，把头摇，受的苦累谁知道。药价太低，就存货，手里没钱全靠赊。挣两个钱，够吃喝，一年到头剩不多。人一生，各一行，干啥都比种药强。

“一年之计在于春，春季没钱就发晕。想挣钱，就贷款，各种证件都得全。找保人，把字签，银行也怕不还钱。种子化肥价钱高，开春之后就得浇。农家谚语要记牢，精耕细种抓全苗。都说春雨贵如油，雨下多了也犯愁。想去种药地发黏，地太湿了没法干。两脚一踩全是泥，心情着急不用提。天不正常也没辙，药籽化肥没法播。盼着天晴等地干，全家出动干冒烟。

“药苗出土很健康，就怕风沙和冻霜。三伏天它气温高，连跪带爬把草薅。左一遍是又一遍，起早贪黑药苗间。天气一旱靠水浇，下雨就怕有冰雹。八九月份不歇晌，家里地里两头忙。大人孩子累够呛，干到半夜才上床。累得龇牙又咧嘴，睡觉抡拳又摔腿。亲戚全都指不上，这活没人把你帮。地多累得挺不住，就得花钱把人雇。雇人挖药雇人撸，没有质量有速度。

“年轻之时玩命干，老了拿钱去医院。药农苦，药农难，受的苦累为哪般。我看透，这一切，药农心声写一写。想一想，摇摇头，今年药农还是愁。包地沙参种一片，后悔不如种大蒜。种的桔梗和防风，不如栽上一亩葱。药农实在不容易，再苦再累不放弃。为了生活为了家，药农挺住别趴下。”

这首歌唱出了药农的苦累，年年种药年年受累，这也是常态。药材价格低一些，好歹是个经济作物，比玉米、高粱总要强一些，所以村里人还是年年种药，土地中求取生活。谁家要是有上学的孩子，大人就要再包上几亩地，那个苦与累更没法提了。

跳农门

面朝黄土背朝天，顺垄沟找豆包，辛辛苦苦一辈子，是中国农民的宿命。跳出农门，摆脱一身土气，是一辈辈农民寄托在子女身上的希望。但大部分农家子弟，还是会接过父祖辈的锄头，沿着父祖的足迹前行，留在农村当一辈子农民，这是不争的事实。

摆脱农民的身份，一般有三条路径：上学、当兵和打工。

上学是首选，这不单单是不当睁眼瞎的问题，里面包含着跳出农门的希望。1949 年以前，赤峰地区大部分都是逃荒的人或逃荒的后代，受过教育的人很少，家里有点闲钱的小孩子上两年私塾就不错了。

营子里的文化人很少，有一本《史记》就已经是个了不得的教书先生。太爷爷一辈生活很艰辛，始终挣扎在温饱线上，根本无钱上学。大爷爷很想上学，家里没有钱供，只能自学，跟着别人背《百家姓》《千字文》《增广贤文》等，还不知道具体什么意思，勉强不做睁眼瞎。

地方教育以前主要靠地方乡绅。牛家营子的土城子地区有个人叫郭早春，曾贵为拔贡，在京师读过书，有功名，是个远近闻名的文化人。作为地方乡绅，郭拔贡注重教育，曾在土城子地区设立学校，利用灌区水利和商业贸易兴学置业。

解放战争期间，郭家的后人跟着国民党逃到了台湾，留下的庄园、田舍、学校成为新中国重要的教育基地。后来的土城子中学、牛家营子中学均设在郭拔贡的院子。

家族里第一个真正的文化人叫刘相华，远房的一个大爷，喜爱读书，学历最高。不过十几年前就已经去世了，如果活到现在，已经八十多岁。据家里人转述，大爷曾经在呼和浩特一个叫马列大学的学校，学习过一段时间，取得研究生学历。但据考证，那时呼和浩特甚至整个内蒙古地区并没有类似的研究生教育体制。

《喀喇沁旗人物志》有明确记载，大爷 1932 年 1 月出生于喀喇沁旗牛家营子镇。1950 年 1 月参加工作，历任喀喇沁旗四区社、旗供销社、六区社干部，宣传部干事，牛家营子镇土城子中学校长，教育局局长，宣传部副部长，锦山镇党委书记、党校校长等职务。1992 年 8 月退休，1998 年 9 月 20 日去世，终年 66 岁。

大娘说，大爷原来上过几年私塾，后来参加中国共产党。党培养他在呼和浩特市进修深造，大半生从事教育工作，培养了很多学生，很多农家子弟都跳出农门，成了各个行业的人才。

大爷工作兢兢业业，常年在外，过年也仅仅休息几天，可以说是以校为家。大姐、二姐小时候很少看见大爷回家。有一回，大爷回家吃饭，两个姐姐因为不太熟悉，躲到了大缸后面，等到大爷吃完饭才肯出来。

大爷是个文化人，退休后搜集过家族材料，写过一部分家族发展史，还去山东莱州府的老家寻过亲。这些材料随着人的远去和时间的流逝，早已经找不到。

父辈这一代上过学的人还有一些，大爷的亲妹妹，我们唤其为老姑，也在土城子中学毕业，后嫁到邻近的新房身，当了一辈子小学老师。听说，远支的三大爷也在王爷府中学读过书。

近支的大爷在土城子中学读书，毕业后当了一辈子小学老师。二大爷去牛家营子农业中学度过几年，爸爸也在那里毕业。老姑、四叔、老叔也在小学学习过基本的语文、数学知识。只有年龄最大的大姑，没有正式上过学，只在夜校学过很短的时间。

到了我们这一代，近支的几个哥哥姐姐或多或少地上过学，个别还曾考上高中。老姑家的杨立辉和二大爷家的刘兴武还去呼和浩特市读了大学，四叔家的刘兴龙在赤峰读了大专，老叔家的刘兴冉在沈阳读的大学。

我们家族的教育发展，基本可以反映整个家乡的情况。

以前读书，只要考上中师、中专、大学，甚至是高中毕业，都会有稳定体面的工作。随着改革开放的深入，国家对毕业生不再包分配，念好书并不再等于有个好工作。所以同辈的几个哥哥上完学后，都是自谋生路。这是国家的大形势决定的，非个人所能左右。

以前农村孩子能吃苦，但是随着计划生育的普及，很多家都是两个孩子，甚至是只有一个男孩子。再苦不能苦孩子，再穷不能穷教育，家里省吃俭用供出一个学生，很少让学生干活。学生从小一直上学，根本不知道生活的艰辛，养成了饭来张口、衣来伸手的恶习。穷家养富儿，穷家养骄儿，这是中国教育的不幸，更是很多农村家庭的不幸。

同时，读书无用论也甚嚣尘上，很多人对读书不再抱有希望。花费了十几万供出一个大学生，毕业后的工资只有几千块，而且工作多半不理想，在城市里买房又要花费一大笔费用。所得和所失，又如何叫人不来衡量。

在这个喧嚣浮躁的社会，本来就很少有人真正地读书。即使真正学到真知，也不代表能赚钱。大部分人读书多半是为了实用，短平快，要见成效，没有现实需要的专业很少受欢迎，这也确实是个问题。

当兵也是家乡人跳出农村的一条途径，但很少有成功的，大部分人当完兵，还是回到家乡务农。即使是当兵，不管符合不符合条件，都要托关系、走后门，不然有限的名额会被人顶掉。马福彪二大爷想把自己的大儿子送到部队，托关系也没进。四叔当兵时，本来符合条件，还是要找找人。我们这一辈中，只有兴文哥当过四年兵。

除了上学和当兵，还有一种跳出农门的途径，就是打工或做生意。改革开放后，打工的浪潮席卷全国，家乡也不例外。很多人离开农村出外闯荡，在城里买上了楼。尤其是新世纪以来，伴随着房地产大发展，很多农村的孩子都出外打工，赚了几年钱后回家娶上媳妇，在城镇买了楼房。

但大多数的人还是回到了农村，翻盖父辈留下的旧房子，甚至盖上了二层楼。打工过程中，谈上了男女朋友，有的媳妇来自遥远的吉林、山东、河北等地。虽然还是在农村，但居住条件、生活水准等方面比父辈一代好多了。以前孟家营子光棍十来人，三四十岁娶不上媳妇。年轻的光棍现在一个没有，倒是离婚的家庭在增多，单亲家庭的孩子一个接一个。

打工仔也有酸甜苦辣，这个不是常人所能理解的。还有一部分人常年在外打工，很少回家，三十多岁还在外漂泊，买不起楼，又无法融进家乡的生活环境，也不可能回到家乡。两处茫茫皆不见，只能这样漂泊。

前几天，我给一个在北京的同乡小伙伴打电话，他已经在北京打工十多年，还在诉说生活在大城市中的无奈。看不见的未来，回不去的故乡，离开北京又不甘心，不离开又无法承担高昂的生活成本，无法解决孩子的上学问题。到底怎么办？想着去个小城市或许是个不错的出路。

太多的人求学、当兵、打工，甚至做生意，总想跳出农门。但多数人还是回到了那片土地，并没有从根本上离开。生活之路难走，离开既有的生活路线，真正跳出农门，确实不容易。只道是，一方水土养育一方人，故土难离，生存亦是不易。

二人转和耍钱

家乡冬季漫长，农民一年只种一茬庄稼，其余时间都很闲，于是就想找点乐解闷儿，否则一年之中四个月的“猫冬”能把人闲死。年年岁岁中，家乡的人慢慢找到两种生活乐趣，第一是二人转，第二是耍钱。

何庆魁说过：“东北人为什么着迷二人转？‘文革’的时候，把窗户蒙上的一般干两件事：一个耍钱，一个是唱二人转，说白了它还是跟老百姓有感情的，世世代代满足了穷苦老百姓的精神需求，哪怕逃荒要饭的，只要大车店、军营码头有二人转，就满足了。”可见，二人转在东北多么盛行。

晚清民国时期，赤峰地区归热河管辖，属于东北四省区域，新中国成立后曾划归辽宁，保持了大部分东北习俗。家乡人时常说，我们东北怎么样、我们东北人怎么样，对赵本山、范伟、高秀敏、潘长江、巩汉林等东北艺人有出奇的好感。

以前每年看春节联欢晚会，都坐在电视机前等着赵本山出场。《刘老根》《马大帅》《乡村爱情》是每家必看的电视剧，对后来出名的二人转演员，如小沈阳、宋小宝、宋晓峰、王小利、王小宝、唐鉴军等人，也都耳熟能详。《乡村爱情》中的象牙山村和家乡差不多，人情风俗也和家乡没什么区别，有很强的带入感。

二人转在家乡俗称“落子”，这种落子已经不是流行于河北的歌舞形式，而是二人转的一种通俗叫法。某些村落有浓厚的二人转演唱传统，一到农闲时，几家几户组成一个小班子，穿上戏服登台唱，和平时聊天一样随意。如果村里有人主持，就能够组成一个正式戏班，走村串镇四处演出，赚一点零花钱。

早夏冬农闲时，村子都会请一些戏班，一般都是上午休息，下午和晚上唱戏。村里主事的人负责演员食宿，从每家每户收一些粮食作为演出酬劳。一般来讲，戏班十几个人，有人专职表演，有人专职演奏，有人两者兼做。

开场戏是小帽，比如《月牙五更》《要钱五更》《老来难》等，中间穿插调侃挑逗和打情骂俏，以活跃舞台气氛。接下来的是正戏，比如《罗成算卦》《马寡妇开店》《傻柱子背媳妇》《大西厢》《梁赛金擀面》《冯奎卖妻》《十跪母重恩》《黄氏女游阴》《王二姐思夫》，都是传统曲目。

小时候印象最深的是《傻柱子背媳妇》，戏班每次都要演，一个男演员扮成傻子，把下面的观众逗得前仰后合。当然，很多二人转演员在台上打情骂俏，也说黄色笑话，下面的观众从来不反感，反而觉得适当加点料，才有味道才爱听。

我对二人转感受真切，主要源自几个方面。

我姥爷是二人转演员，扮丑角也扮旦角，走街串户去过好多地方，在当地小有名气。因为演得好，大人小孩看到姥爷，都说老妖婆过来了。直到姥爷瘫痪在床，还在哼哼呀呀地唱《月牙五更》，临死前依然如此。我没有见过姥爷，但很喜欢听各类五更小帽。

上初中时，我的同桌经常讲，他们村子里的戏班里有一个扮演青衣的年轻花旦，长得非常好看。对于村里人和戏台上那种半真半假的调戏，同桌还非常愤慨，每天就在我耳边讲这些，当时我不太懂。现在想来，大概是青衣在台上演的是才子佳人戏，同桌情窦初开，大概喜欢上了某人。

我另一个同学从小踩高跷，平时也唱二人转。初高中时，最常唱的是《王二姐思夫》，每天略带感伤地唱个不停，以至于我都会唱几句。

“二哥哥上京去赶考，一去六年未还乡。去一天，划上一个道儿，两天不来道儿成双。二哥哥去了六年整，哎，横七竖有八划满了墙。想二哥一天吃不下去半碗饭，两天喝不下去一碗汤。什么叫做饭，哪个又叫汤，饿得奴前心贴在后腔。你们谁见过，十七八的大姑娘走道拄拐棍儿，离了拐棍儿手儿扶着墙。强打着精神走了两步，红缎子花鞋底儿就当帮。我的二哥哥，有官儿没官儿回来吧，撇下了二妹妹孤单单地独守空房。”

父亲年轻时，近一米八的个头，英俊标致，很适合扮戏班的小生，又对快板、二胡和锣鼓很感兴趣，一学就会。刚结婚时家庭负担重，为了赚点零花钱，父亲专门拜了二人转老艺人。上台几次后，就被很多家看上，纷纷打听着说要给介绍对象。我爷爷知道后，说别再去唱了，在家种种地、扎扎纸活也能过日子。

从此，我爸不再登台，只在家拉拉二胡，打打快板，随便唱几句。我曾见过一些花花绿绿的戏服，非常鲜艳，被我妈妈做成了鞋底和鞋帮。父亲还有几个大本子，密密麻麻地记着正戏台词，我小时候仔细看过，现在应该还在家里。

最近几年，人们的业余文化生活越来越多，年轻人纷纷搬到城里，唱二人转的人明显减少，农闲时只是偶尔有戏班来演出。不过没有关系，电视上和电脑上能看到很多二人转表演，或者看二人转演员参加的娱乐节目，作为生活调味品。

至于要钱，则要简单地讲一下。要钱就是赌博，包括打麻将、看小牌、推牌九、掷骰子等。多数男人都会，十四五岁的小男孩也会。输赢不定，时常出现争执。派出所每年都整治赌博，偶尔被抓进拘留所也属正常。

我爸、四叔、老叔要钱要了一辈子，连我大爷在退休之后都埋头于此。我爸还被戏称为“局长”，因为每场都在。四叔原来靠着要钱赚了一些钱，后来慢慢收手，玩得小了。

要钱白天不刺激，到了晚上才刺激。一群人围在屋子里，烟熏火燎，咳嗽声、喊叫声、麻将声、骰子声交织在一起。

输的人越玩越着急，一副气急败坏的沮丧模样；赢的人越玩越兴奋，一副高高兴兴的快乐模样。过一阵，赢的人可能变成输的人，输的人可能变成赢的人，人们脸上的神态又发生逆转。

很多人输急了眼，就可能耍赖，或者故意不付钱，这时会遭到别人的鄙视。回去拿钱再战，也可能拿不到钱，回到家不再出来，或者再来时后面跟着老婆。一路吵吵闹闹、叽叽歪歪地吵个不停。

也有老婆到耍钱场来找自己的男人，有人跟着回，有人就不回，甚至当场和老婆翻脸。还有年轻人拿着大把的钱来到耍钱场，玩得兴高采烈。旁边坐着他的老父亲和老母亲，怕他把一年的收入输光。

在多数情况下，耍钱的人还是讲规则，不能乱了秩序和套路。愿赌服输，耍完钱付清账，各自回家。近十几年麻将兴起，女人在耍钱场上也顶半边天，玩得不亦乐乎。年轻的人喜欢打麻将、炸金花，年老的人喜欢看小牌，想玩得大除了加大赌注，就是推牌九。

耍钱场是个江湖，邪门歪道特多，各式各样的赌术诈术、邪门歪道穿插其中。耍钱也看人，什么人可以在一起玩，什么人不能一起玩，和什么人玩得赌注大，和哪些人仅仅是消遣，都很有讲究。几个人凑到一起如何赢别人的钱，怎样设计好套路这都要提前商量好。

爸爸经常说，赌场见人品，看场上的表现基本可以断定这个人的善恶好坏。

耍钱一般在农闲季节，整个冬天和夏天阴雨天都是很好的时机。赌瘾大的人农忙时也玩，自己营子里没有场，就去其他营子玩，这容易引起家庭矛盾。

张西故营子有户史姓人家，户主比我爸爸小几岁，我们称他为三哥。他的赌瘾很大，不管春夏秋冬，常年耍钱。我家早饭还没有吃完，三哥就来找我爸爸，俩人一起出去耍钱。下午或者晚上，他家的三嫂子找到我家，问他三哥到没到这里，去了哪里玩，说话时不免发几句牢骚，抱怨三哥不顾农忙。

新房身有户王姓人家，和我家有点亲戚关系，我们唤他家的男主人为大姑父。他也时常到我家找我爸，俩人关系是很好的赌友，经常结伴出去耍钱。前几年我问爸妈，新房身大姑父怎么样了。爸妈说，他早就瘫痪了，出不了屋。一个赌瘾大的人整天闷在屋里，看着人家乐呵呵地去耍钱场，那是何等的羡慕和感伤。

综合来讲，二人转和耍钱构成了家乡的业余生活。没有这两个乐趣，家乡的人实在无法排遣时光。虽略显低俗，但家乡人在这里获得了满足，就好像赵本山给二人转的那个评价，猪大肠虽然有些脏有些腥，洗干净一样很好吃。正如《耍钱五更》这个小帽调侃的那样：

“一更鼓里天，一更鼓里天，有几个小哥们，合计合计要耍钱。到夜晚银灯点，就把小牌看，四人坐四边，二人坐对圈，你要是会洗，我就会摸，你要是打五条，我就出老千。

“二更鼓儿多，二更鼓儿多，耍钱的人儿懒得去干活，懒得去干活。尽挨密心饿，喝的是凉烧酒，吃的是凉饽饽，你要是饿了也能吃几个，恐怕到后来就把寒来做。

“三更鼓儿发，三更鼓儿发，耍钱的人儿懒得去回家，懒得去回家尽挨老婆骂。骂你该大死，骂你该刀杀，你要死了我就嫁给他，你要不死我让你当王八。

“四更鼓儿敲，四更鼓儿敲，耍钱的人儿把钱输干了，把钱输干了回家睡大觉。翻过去睡不着，翻过来睡着了，睡在梦里还想去捞梢，手中没钱急得我双足跳。

“五更到天明，五更到天明，耍钱的人儿动起真输赢，老婆子前边走，我在后边蹭。气坏女娇娥，气坏女娇娥，拿起石头要砸锅，叫老婆你别砸锅，咱俩将就过吧，隔三岔五再去玩。”

崇敬毛主席

父辈那一代人基本长在红旗下，对毛主席的感情特别特别的深。毛主席是那一代人心中的红太阳，伟大的导师、伟大的舵手、永远的领袖。他们总是说，毛主席始终想着穷人，始终为穷人做主，给老百姓办了太多好事，可以说操劳一生。

对于毛主席的去世，很多人记忆犹新。大姑讲，毛主席逝世时，人们正在山上拔草，听到消息之后，活儿也不干了，不管是年轻的还是上了年纪的，都号啕大哭，和哭自己的爹妈一样。那一天，很多人感觉好像天塌了，太阳都暗淡无光，不知道以后该怎么生活。

政府那几天没让人们干活，公社礼堂里设了一个灵棚，把毛主席像挂在礼堂墙上，两侧有黑色挽联。大人孩子用白纸做小花，戴在胸前，胳膊上缠上黑布。各生产队纷纷组织社员去礼堂祭奠毛主席，大人孩子一看到毛主席遗像，不由自主放声大哭。人们的哭不是装出来的，完全发自内心。

大姑去祭奠毛主席时，刚刚迈进礼堂大门，眼泪就不听使唤地流下来，感觉失去自己的一位亲人。在大姑的心目当中，毛主席占据着很重要的地位。隔壁老王家的老太太，到了礼堂就坐在地上哭，拽都拽不起来，最后哭昏过去，家里人抬着回到家，还是接着哭，断断续续地哭了好多天。

家里人回忆起三年困难时期，会说全是这些旗县、乡镇干部造成的。上面的政策总是好的，毛主席和周总理总是心系穷人，全是下面的有些坏人把好经念歪。如果下面的干部都像毛主席和周总理一样，勤勤恳恳地为大家谋福利，也许就不可能出现人祸。

至于人们为什么吃不饱饭，父辈们会说是因为老毛子向中国逼债，说起来绘声绘色。在我们那里，老毛子是对苏联的蔑称，也称北毛子。一九四九年，向老毛子借了点钱，后来中国发生自然灾害，老毛子不厚道，非但不帮忙，反而趁机要账。他们又嫉妒毛主席在世界的崇高威望，落井下石，连连逼迫中国还债。

毛主席他老人家有志气，号召全国人民勒紧裤腰带，一分不少地还苏联债务。成车的大豆、高粱、玉米被拉到黑龙江边，倒到另一岸。因为大多数粮食还了苏联，自己当然不够吃，所以才有三年困难时期。虽然发生困难，但是毛主席领着中国人民没服过软，也没被老毛子吓倒。

“文化大革命”中，同学和老师见面要“对”毛主席语录。这方说下定决心，对方就得“对”不怕牺牲；这方再说排除万难，对方就得“对”争取胜利，背不上来就是政治错误。学校每天背诵“老三篇”，拿着红宝书反复学，正式课程基本不学或学得很浅。

那时，每年过年卖得最火的人物年画，除了明星就是领导人，老一辈人买得最多的是毛主席像。他们总是说，毛主席长着一张大中华的脸，一看就是一脸福相，是真正的领袖，全心全意为人民做主。

以上就是我家乡，尤其是父辈们的思想。现在看来，很多看法与事实相差太远，只能一笑了之。或许这就是千百年来中国人的观念，在其位有其德，当了领袖自然圣明。中国古代讲究天地君亲师的排序，毛主席兼具君亲师的角色。作之君，作之亲，作之师，在那一代人心里打下深深的烙印，化成一种不可更改、不可辩驳、不可理喻的崇敬。

改革开放后，大爷爷已经六七十岁，偶尔听一下收音机。当听到寻人启事说某人“走失”，大爷爷总是说，毛主席天天讲没迷信，怎么就没迷信，你看人都“走尸”了，满大街都在找。

第二章　远思祖辈

自从先祖迁居到孟家营子，老刘家已经延续数代，繁衍人口数百人。遥想太祖奶带着高祖筚路蓝缕，辛勤地耕耘劳作，奠定家族根基。太爷爷一生劳苦，艰难地维持生活，唯一的乐趣仅是喝一点烧酒。平和坚韧的大爷爷得享高年，生命的最后阶段还是不愿再留活世间。爷爷奶奶一辈子面朝黄土背朝天，给孩子成家，被生活压弯了脊梁。遭人陷害的二爷爷，莫名其妙去世的三爷爷，没有出嫁就死去的姑奶奶，都是近支家族永远的伤痛。

逃　荒

二十世纪七十年代，赤峰地区掀起平整土地运动，把平地的坟往山上起，牛家营子公社也不例外。老刘家起坟时，发生了一件令人不解的事。第一个祖坟打开后，人们只看到一具女尸，没有合葬的男尸，旁边一个木头牌位上写着刘德宏。

很多人都在惊讶，谁也不知道是怎么回事，直到年长的老者说明，大家才了解事情的经过。

大概在同治、光绪年间，山东莱州府闹灾荒，人们生活更加悲苦。实在没活路，人们就想着挪挪地方，到外地去谋生。

老刘家的太祖爷叫刘德宏，也觉得逃荒他乡，没准能活下来，所以和太祖奶离开莱州府小吴庄。投奔哪里呢？塞北人少地多，有个姓马的老表亲已经在那儿落脚，据说能吃饱饭。山东习武风气盛行，太祖爷和太祖奶学过一点防身术，

从东山上俯视孟家营子

会打几招七节鞭，这也给自己的逃荒增加了胆量和决心。

当时太祖爷和太祖奶三四十岁，领着的孩子不超过十岁。一路往塞北走，边走边打听，风餐露宿，带着的干粮吃没了，就靠讨饭度日，要一口饭走一段路。

天不遂人愿，离开家一个多月，太祖爷得了重病，死在半路。太祖奶和孩子没有灰心，草草把太祖爷埋在路旁，继续逃荒。走了好几个月，终于到了热河地界，慢慢找到老表亲，最后定居在锡伯河东岸、东山根脚下。

以前这个地方不叫孟家营子，叫什么谁也不记得，孟姓人家于1910年迁居到此，才把这个名字叫响。据老人讲，孟家营子这一带曾经很繁华，有一条南北方向的乾隆大街，路旁种着两排树，还有几座藏传佛教的白塔。

大爷小时候看到白塔还有两米多高，后来塔身被人挖走，只剩下六棱的石头塔基，上面刻着满蒙文字。直到现在村里人还说，塔底下可能藏着镇塔的宝贝，但很多人挖都没有找到。

靠着老表亲的帮助，太祖奶和孩子整理出一个院落，慢慢盖好房子。随着时间的推移，孩子长大成人，取名刘禄，这就是老刘家的高祖。高祖结婚后生了五个孩子，四个男孩一个女孩。丈人是烧锅营子老田家，距离孟家营子很近。四个男孩长大后，结识了一个姓高的单身汉，和他拜了把子。单身汉一看哥四个性情挺好，将来也有个依靠，自愿把高姓改成刘姓。

村里有个教书先生，给哥五个起了名，按照仁义礼智信排序，老大刘文仁，老二刘文义，老三刘文礼，老四刘文智，老五叫刘文信。刘文仁后来搬到了克什克腾旗，再也没有回来过。哥四个娶妻生子，繁衍后代，构成老刘家的四大支系，到现在已有几百口人。

大部分留在孟家营子，一部分出外闯荡，或者因为纠纷，或者因为上学，或者因为打工，或者因为从政，迁居他处，甚至远至承德、沈阳、北京等地。

太爷爷这一支

太爷爷叫刘文信，也就是我的曾祖，兄弟中排行最小。

据大姑回忆，太爷爷个子很高，有一米八多。除了种地，太爷爷还学了厨艺，成为乡下厨师。前后营子谁家有个红白喜事，都把太爷爷请去做宴席。

临近的潍县营子有户张姓地主，开了一家太和堂，专门制作过年过节用的香。

太爷爷前半生主要在太和堂做饭做香，给地主打工。因天天围着炉子和锅灶，难免烟熏火燎，太爷爷不到五十岁便双目失明，靠儿孙伺候。平时，他只能在屋前屋后院里院外，拄个拐棍摸索着溜达溜达。

太爷爷喜欢喝烧酒，每天吃饭时喝上一两盅，一盅八钱左右。后来眼睛看不见了，儿孙们把酒壶装满酒，插上一个空心的麦秆，放到灯窝里。老辈子炕旁边的墙上都有一个灯窝，灯用完后放在那里。太爷爷没事时就吸一点酒，作为一种消遣、一种享受。

爷爷哥几个忙着扎纸活，需要用晒干的大麻籽皮做成的线，俗称麻经。太爷爷不能上山干活，每天坐在炕上，用一个骨头制作的拨锤，一锤一锤地缠麻经，有时还给孩子们讲故事，说说邻里乡亲的事情。大姑小时候经常听太爷爷讲故事，印象很深刻。

骨头锤后来传给爷爷，爷爷去世后又传给爸爸。家里一直用这个缠麻经，我小时候还干过。后来，骨头锤不小心摔成两截，绑起来还在接着用。

太奶奶也姓刘，娘家在松山区兴隆洼，属于大户人家。嫁给太爷爷后没有娇气，勤勤恳恳操持家务。大姑隐约记得太奶奶是个小脚，个头不高，穿一身黑色衣服，梳个疙瘩髻儿。很不幸，不到五十岁就去世了。

太奶奶有三个娘家侄子，有名的是刘金文、刘金燕。刘金文从小读私塾，没少念书，当老师讲课也好，称得上村中的老学究。大爷结婚时，刘金文题了一副对联，来随礼喝酒的文化人一看字和对联就有水平，纷纷问这对联是谁写的。

刘金燕年轻时挺讲究，但不爱念书，家里人气得把他送去当兵，结果正对他心思，参加革命游击队，加入中国共产党。新中国成立以后，他做过热河省政府要员，后来调到沈阳兵工厂。"文化大革命"时没少受打击，因为沈阳军区有熟人，才被人保下来。

太爷爷和太奶奶养大五个孩子，也就是我的大爷爷、爷爷和很早过世的二爷爷、三爷爷、姑奶奶。

二爷爷叫刘春，二爷爷很早就和二奶奶结了婚，没生出自己的孩子，就抱养了一个叫刘庄的小丫头。

为了养家糊口，二爷爷拜西大碾子刘振声为师傅。刘振声是能工巧匠，不但会修庙宇，还会塑佛像，庙上的活全通，尤其精通绘制庙墙上的壁画，洞山庙和药王庙那些栩栩如生的画就是他画的。二爷爷跟人家学了绘画和雕塑，大爷现在还保存着二爷爷年轻时画的几幅画。

听刘树民六哥讲，我们老刘家的纸活还有一个渊源。远支有个叔伯爷爷，是太爷爷的亲侄子，他的一个远房亲戚会扎纸活。叔伯爷爷很老实，曾去北部旗县干活，碰巧遇到这个远房亲戚。

在亲戚家干了三年活，倒尿盆、点烟泡、叠被子、捶腿捶背，叔伯爷爷把亲戚伺候得很好，这才变成师徒。又过了几年，叔伯爷爷学会纸扎的所有活计，才拜别师傅回到家中。

纸活是集体工程，一个人一般还干不了，尤其是扎房子、院套，没有十来个人根本完成不了。一般大门大户办丧事，都是几个月前把扎纸活的师傅请到家中，搭上棚子专门伺候。叔伯爷爷回到孟家营子后，教会了他的叔伯兄弟，然后十来个人一起出门，赚钱分成补贴家用。

二爷爷最聪明，第一个学会，还会刻纸做纸活中的楼台亭榭，大爷爷和爷爷也慢慢学会。从那时开始，几十里外的人都知道孟家营子老刘家纸活做得好。后来一辈传一辈，还有十余家在扎纸活，只是变成了一家一户的小作坊式。

我的亲姐姐前几年也开始干上，我爸专门扎了高头大马作为招牌放在店铺门口，小孩子还以为是真马，围着看个不停。当然这是后话。

二爷爷在同辈兄弟中最聪明，可惜命很短，死时才三十多岁。先是二奶奶喝药死了。据传闻，二奶奶和东南台子阴阳仙王三关系好，人们风言风语地传，说有不正常的男女关系。

二奶奶受不了别人指指点点，上东南台子找王三，最后死在那里。究竟是二奶奶在家喝的药跑到王三家，还是在王三家被他老婆灌的药，谁也不知道。至于两人是不是真有不正常的男女关系，谁也说不清。

东南台子来人通知，家里人把二奶奶拉回埋掉。二爷爷受了刺激，此后不像原来那样守家在地，常年在外奔波，这营子那营子地给人扎纸活，有时也做其他手艺，甚至一年半载不回家。这种奔波在外的生活没给自己带来安宁，反而招来杀身之祸。

听父辈们讲，二爷爷有一回和村里两个人在营子东头聊天，看见山上不远处有特别白的大绵羊。几个人结伴上山，结果走近一看是白布，里面藏着大烟。

二爷爷准备平分，没想到另两个人要独占，就琢磨着祸害死二爷爷。他俩找人写了一份呈子，也就是诉状，送到驻扎在大碾子的日本宪兵部队，俗称局子。他们诬陷二爷爷私藏大烟，家里有枪，时常出门，有通匪嫌疑。那时战乱纷飞，时局混乱，这两样罪名足够害死人。

部队逮捕了二爷爷，开始刑讯逼供，二爷爷不承认，就开始挨打，挨打也不服。当天晚上，没有任何审判程序，二爷爷就被活活电死。第二天，部队的人骑着高头大马来到孟家营子，当当当地敲门，告诉刘春死了。

太爷爷已经去世，大爷爷和爷爷去了部队驻地，把血肉模糊的二爷爷抬了回来。当时没别的办法，被诬陷报不了仇，只能自认倒霉。家里人用一个小黑柜装殓了二爷爷，草草地埋在北梁。

据说那两个人害怕报复，买了一支枪。村里人还劝大爷爷，要给二爷爷报仇。大爷爷说，谁都有一大家子人，我兄弟已经死了很久，善有善报，恶有恶报，自有一个定数。

北梁那块地早已分给我家，我爸全都种上了大扁杏，二爷爷的坟在杏树之间。或许真的善有善报，恶有恶报，冥冥之中自有安排，屈死的二爷爷可以在杏林安静地长眠。

二爷爷抱养的刘庄成了孤儿，大爷爷和爷爷负责养活。地方建立孤儿院，刘庄被送进孤儿院，后来随孤儿院搬迁到了外地。刘庄小时候和大姑关系好，走后多年没有相见。大概十五六年前，刘庄回到家乡找到大姑，说已经在辽宁阜新成家，有一儿一女。没过几天她又走了，从此之后再也没有回来过。

三爷爷死在二爷爷之前，死得很奇特。结婚后他和三奶奶不停地说话，晚上都不停，没过百天突然间死了，中医也没有说出来个所以然，不久后三奶奶也改嫁他乡。

姑奶奶排行最小，是老丫头，死在二爷爷之后。19 岁时跟唐家栅子老肖家定了亲，婆家催促着结婚，也不知什么条件没有谈妥，娘家没让结婚。

具体死因，好像还和二奶奶有关系。二奶奶趁二爷爷不在家时，大晚上把男人招进屋里。恰好有一次被姑奶奶撞见，没有结过婚的女孩子，看见一个陌生男人在炕上，当即吓得够呛，落下病根。大爷爷和爷爷问明情况，晚上提着镐头铁锹藏在院子里，趁着野男人再来，一顿猛揍打出门外，只听见半夜里有个男人鬼哭狼嚎。

后来姑奶奶的精神始终不太好，慢慢得了痨病，也就是现在说的肺结核，24 岁时死在家里，大爷爷和爷爷含着热泪，将其埋到机井那个地方。后来平整土地时，起坟移到山上，又因为未出嫁，被称为孤女坟，孤零零地被单独埋在一处。前几年家人上坟时发现，坟头已经很矮，家里人怕被人平整，还重新填土盖了坟头纸。

传说得痨病的人死了以后，血会聚到一块，变成像石头一样的血饼，能治痨病。这只是一种传说，不是真事。大爷爷信这个传闻，起坟时拉着大爷还去挖过，挖了好深都没有看到。

就这样，太爷爷这一支只剩下我大爷爷和爷爷两家。

搬　家

老刘家原来有个老院子，位于营子后面西侧。再往西是老马家，老马家西面是一条旱沟。老院子挺长，分两段，前面是老刘家另一户。后边是太爷爷家，靠东边有一个三米宽的胡同，进出院子就走那个胡同，胡同北头是大门。

太爷爷家院子挺大，有二亩多，又分为前后两个院套。后边院套是一个场院，春夏时分种点菜，供一大家子人吃，秋天用来打场。前边的院套盖着房子，有正房、西厢房、大门和门楼，一大家子人住在一起。

正房五间，三间供人住，有东屋西屋。两边又有两个跨房，单独供人住。西厢房也有五间，是一个士帽房子，后坡短前坡长。房子都是土房，房顶抹着草和泥，土打的高墙，墙边栽着榆树，一到春天，墙上长满野草。

正房东边住着太爷爷和爷爷，西边两间住着三爷爷和三奶奶，西跨房住着二爷爷和二奶奶。大爷爷和大奶奶住在西厢房。姑奶奶住在东跨房。三爷爷和三奶奶死后，爷爷也结婚了，搬到他们原来住的地方。三爷爷、二爷爷、姑奶奶去世后，房子显得空荡荡。有了几个小孩后，家里才显得有些热闹生机。

一大家十几口子人，住在一个大院里，一起做饭一起种地。女人负责做饭，男人们负责干活。那时真是大锅饭，人吃得也多。有一次摊煎饼，摞得很高很高，男人们中午干活回来，不大一会儿把煎饼全都吃光。

这样过了一段时间，在大姑七八岁时正式分了家。从此不在一起吃饭，不在一起干活，各家吃各家的饭，各家种各家的地，只是还在一个大院里住。

因为山上没有树木，荒地开垦不多，光秃秃一片，窝不住水，一下雨就暴发山洪。洪水顺着旱沟冲下来，沿着西边老马家的西墙往西北流去。有时洪水太大，冲倒高墙，进到各家院子。

几次大洪水过后，院套被完全冲烂，只能搬家。

大概是在1955年，大爷爷和爷爷相中老院子前面的一处房身地，正好安两个院套，于是用白花花的现大洋买了房身地。那时已经流通人民币，很多农村还同时并行着现大洋、国民政府的法币，甚至伪满洲国的纸币。

房子是第二年盖的，土打的墙，山房尖用坯垒，革子墙也用坯垒。使不起砖，只能用土打，然后用铁耙子把墙刷平，再抹上泥。大爷爷用大姑婆家给的彩礼钱，赶着大牛车去远处拉檩子，半道还遇到大雨，淋得稀里哗啦。

爷爷是个巧人能人，会干泥瓦匠，懂盖房这些活，指挥着把房子盖起来。

房子盖好后，大爷爷和爷爷从老院子搬过来。屈指算来，距离现在已经六十多年。别看房子是泥水活，没有砖没有瓦，那会儿可以说是最有技术含量的农村房舍，赶集的人路过，看到后都羡慕不已，后来才慢慢落伍。直到现在，老叔和老婶还住在爷爷当年盖的房子里。

为了防止屋顶漏水，家里人每年要抹房，端午节前后开始扒土炕。土炕是用坯打的，炕面一尺四，把坯搭成回环的洞，用坯棚上，面上抹泥，人们就睡在炕上。这一年把土坯烧得黢黑，扒下来砸碎抹到房顶，可以防止屋顶漏雨。

那时人们在生产队一起干活，还没从山上回来，就有人说今天中午抹房顶，老早就会把事定下。谁家抹房谁家管一顿饭，中午没时间休息，下午还得上生产队干活。爷爷和大爷爷为了房子不漏水，抹了很多次房顶。

平和坚韧的大爷爷

大爷爷叫刘合，生于1904年，死于1995年，享年91岁，经历了几个时代。

大爷爷小时候诚心想读书，家里穷供不起，便自己琢磨着借点书抄点书，比如《千字文》《百家姓》《增广贤文》，逐渐会念、会背、会写。到了晚年，大爷爷还时常背上几句。

周围文化人不多，大爷爷光知道背，不知道什么意思，就像现在人们说的死记硬背，不管怎么样也算识了一点字，不当睁眼瞎。家里现在留着的那本《百家姓》，还是抄来的。

建国初期，大爷爷一直参加土改斗争，在农会干了好多年，一直到成立合作社。农会工作不好做，像斗争地主富农，太重了不行，太轻了也不行，必须得会来事，既要挡住农会自己的人别过激，还得让被斗争的地主富农服气。

后来合作社改成生产队，大爷爷又当了多年的贫协代表。除了在生产队干活，还喂过猪种过园子，不管是育苗、插秧，还是打枝、掐头，样样干得好。有一年种芹菜，一颗一米来高，一亩地可以产好几千斤，生产队一直让他在园子里干活，负责种植管理，被称为园头。

大爷爷一生讲义气。那时斗争地主，把地主家的粮食、家具、衣服、现大洋都给分了。临近的新房身有个姓刘的地主，和大爷爷原是好朋友，遭批斗时藏起来很多大洋，偷着弄到大爷爷家。出于朋友的义气，大爷爷把现大洋偷偷地藏在炕洞。

几年之后，斗争地主的运动过去，人家来找大爷爷要现大洋。大爷爷一块没少地还回去，人家非要留下一些，最终大爷爷也没要。

日子还是不好过，大爷爷家挺困难。地主毕竟是地主，虽然被斗争了，生活状况还是比一般人家强。一听说大爷爷没粮食吃了，赶紧牵着毛驴驮着粮食送过来，后来又听说没钱花了，人家又走着来送钱。

大爷爷常说，人必须讲信用，托付的事必须让人家满意，不能贪便宜。只有这样人家才能信任你，才能在关键时候帮助你。

大爷爷时常讲，生命对人非常重要，要爱护自己的身体，时常保持一个平和的心态。一生留给后辈印象最深的就是大爷爷的长寿，某些东西不能说是秘诀，但也有一定的道理，与他的长寿有直接关系。

大爷爷一生操劳过度，送走了两个老人、一个妹妹、两个兄弟，这些悲剧摊在谁身上都够呛，但大爷爷也一步一步走过来了。

日子贫苦艰辛，中年劳累过度，大爷爷后来得了痨伤病，时常咯血。这对一般人来说不是小事，但他不在乎，平时也没用多少药。等到病得厉害了，才到药店买点石灰散，就是灰面子，放到水里沏一沏。石灰散不沉底，在水面上漂着，一搅和喝下去，咯血的毛病稍微好一点。但痨伤病几乎伴随他的一生，八十多岁时到医院去做X光，肺上有个四乘四厘米的大洞，就是那样他也没在乎。

大爷爷一辈子很少喝酒，偶尔喝一盅，一年也喝不了两斤。吃完饭困了也不躺下，往墙上或被垛上一倚，大爷爷睡得还很好。卷一棵纸烟，吸几口就灭掉，等到想起来再点起来抽，他一天也就抽几支纸烟，一盒烟能抽好多天。

大爷爷一辈子没少经历悲惨的事。我本来还有一个大爷，叫宝元，活到八岁就死了。宝元比二大爷小一两岁，两个小孩在家看门，一起和小朋友玩。有个乡亲种了一小块水萝卜，家里孩子偷着吃了几个，把水萝卜缨扔进辘轳井。

乡亲干活回来，打水看到水萝卜缨，发现自己地里的水萝卜少了几棵，于是质问看门的孩子。孩子一着急，便诬陷是二大爷和宝元偷的。这个乡亲就信了，风是风火是火地跑过来，边喊边说要揍偷水萝卜的小孩。二大爷和宝元赶紧往家跑，家里只有木头大门，挡也挡不住，又往屋里跑，吓得够呛。

吃过中午饭，邻居家的一个孩子找宝元玩，两个小孩转悠到庄稼地，看见地里有一串串野生植物，一人吃了几串。那天中午吃的是土豆，没想到和野生植物犯冲，宝元食物中毒了。

宝元回来说了一句话，也是他人生当中最后一句话，他说："我头疼。"当时头疼也没人在乎，不跟现在似的，孩子一说头疼赶紧到医院诊所找大夫。大人以为小孩子过一阵就好了，简单地给捏巴捏巴、捋松捋松，就去干活。结果到第二天中午，宝元就不行了，大爷爷赶紧请大夫，大奶奶拿着菜刀在头上比画来比画去，说是驱邪。

没过几个小时，宝元就死了。

灾祸从天而降，对谁都是一个沉重打击。大爷爷从此抽烟多了一点，为的是消愁。抽烟的习惯一直到老都延续着，量不大但没间断过。加上着急，大爷爷眼睛慢慢花了，不戴眼镜看不清东西。

大奶奶叫朱秀英，娘家在潍县营子，与大爷爷相差十岁，结婚时大爷爷已经三十来岁。大奶奶这一生老实忠厚，待人处事非常实在。实在到什么程度，有一件事可以证明。她上生产队干活去，王木匠营子西有十几亩地的向日葵。很多秸秆上还带着向日葵，扛着不能歇，因为一放哗啦往地下掉，没法收拾。大奶奶一次扛很多，也不敢休息，一气扛到家，这一扛可毁了，导致血崩，落了病根。

大爷爷到处找先生，小河南营子和下水地的老先生都请过，没少吃他们的药，药水加起来也有一两缸，始终没治好。

后来不知道听谁说，山上石头砬子上有一种叫石花的东西能治病，大爷还去大乌珠梅沁的石砬子上刮过，拿回来吃了也不管用，花了好多钱，到死也没治好。

大奶奶66岁时，身体更不行了，被大姑和大爷拉到赤峰做检查，一查患的是肝癌。大夫叫大姑和大爷过去说话，他说："你们都是乡下人，都是庄稼人，老太太的病确诊是肝癌，开点药直接回家吧。你们没有条件治，就是有条件治，去北京、上海甚至出国，这种病也治不好。"

家里人把大奶奶从赤峰接回来，在家养着，但还是不甘心，又找偏方。大爷听说癞蛤蟆能治病，和二大爷大晚上拿着手电上地头抓癞蛤蟆，回来之后放在砂锅炖，然后连汤带癞蛤蟆端过去，也没告诉是什么。除此之外，还用一些其他偏方，也没管用。1983年夏天，大奶奶去世了。

大爷爷一辈子老实巴交，什么事都认吃亏。他经常告诉后辈，吃亏是福，吃亏也就是占便宜。为人别怕吃亏，什么事都想冒个尖，那是白扯，在社会上站不住脚。

我小时候，最常去的是大爷爷家。正房还是那个老房子，大爷爷住在东屋，大爷几口人住在西屋。大哥经常在东屋做木匠活，大爷爷一般在炕上坐着，和客人慢条斯理地聊天。

爷爷去世时，大爷爷已经92岁，身上没有什么疾病，只是骨瘦如柴，坐在一个圆形的厚垫子上。因为下不来地，家里人给他送饭，偶尔抱着出去晒晒太阳。听到爷爷去世，大爷爷非常伤心，表面上还是那么淡然，只是更加少言寡语。

有一天下午放学，我去大爷爷炕上玩。过了一会，大爷爷对我讲，去把柜子上小匣里面的一个小包拿来。我下炕找到小包交给大爷爷，这个小包看上去已经放了很久，深色的蓝布蒙着灰尘。

当时没在意，吃晚饭时很随意地和我爸聊起来。我爸一听就说：“你大爷爷不想活了，那个小包是药，你大爷爷很早之前说过，如果太老动弹不了，就喝药不活了。”我当时听得完全愣了神，赶紧放下碗筷，被拉着去了大爷爷那里。

到了屋子里，我爸说明情况，大爷一家赶紧凑过来。

我爸和大爷去东屋轮番劝问，说到底是不是让孩子取了那个小包，怎么还想不开了呢。谁都说老人家一辈子是个明白人，怎么突然间就糊涂了呢。真要是有个三长两短，让子女怎么做人。大爷爷就那么听着，没有说话。

后来，大爷既悲伤又着急地说：“爸啊，你现在身体还行，也没有病，那就好好活着，能活多久算多久，不能想不开。”我当时完全被这种气氛惊呆了，只看见骨瘦如柴的大爷爷枯坐在垫子上，脚指甲非常厚。

过了好久，大爷爷瞅着对面的墙，老泪纵横地大声喊，怎么还不死呢，怎么还不死呢，人该死了怎么还不死呢。连喊了好几遍。

大概是人老了，活着确实没有什么意思，故人和朋友纷纷死去，连小十几岁的弟弟都去世了，人世间该做的事情都已经做完，该送走的人都已经送走，只剩一把骨头维持生命，一张嘴用来吃饭。子女再孝顺，终究不能深入自己的内心，也无法分担自己的孤寂。

据家人讲，大爷爷晚年不愿意活着，也因为看见自己的孙子已经订婚，想着快点死，腾地方。其实家里已经改好门房，房子足够住，可老人想得多，总感觉自己是个累赘。

后来的事情我早就记不清了，大概那个小包交出来了，里面有白色药粒。没过多少天，家里人说大爷爷的身体越来越差，可能挺不过冬天。

一天清晨，天还没有亮，我家的大门当当地被敲响，说大爷爷不行了。

我爸赶紧拉着我，就往大爷爷家里走。走到他们院套后面，我爸就指着墙头说:“你大爷爷这回真不行了，老黄要走了，在墙上练倒立呢。”我一瞅，还真有一个人一样的东西立在墙上，噌地一下没了踪影。

家里人很早就给大爷爷做好寿材，放在正房的西侧，旁边有一堆木头，里面住着一窝黄鼠狼。家里年轻人要把黄鼠狼撵走，大爷爷不让，说谁也不要动，那是好东西。大概真像村里人经常讲的那样，寿材被老黄占着，老人不容易去世。是不是迷信呢，谁又能说得清。我那天确实看到墙头有个人一样的东西，一闪，消失在茫茫夜色中。

大爷爷就这样去世，活到九十二岁。

爷爷和奶奶

爷爷叫刘英，比大爷爷小十多岁，1920年出生，1996年去世，兄弟中排行最小。一米八几的大个头，狼行虎步，很有威严。

爷爷年轻时很幽默，好做一些鬼脸，唱两句皮影戏，有时还哼上两句现代歌曲，“毛主席的书我最爱读，千遍万遍下功夫”，逗大伙一笑。正月前后踩高跷，爷爷是打伞的领头人，也当过“傻柱子”。

解放战争时期，尤其是辽沈战役打锦州那段时间，爷爷被征召进了担架队，转战几个地方，一去就是一个多月。

爷爷会扎纸活，大剪子一挥，剪出花花草草，在营子当中也是心灵手巧的。因为活干得细致，爷爷在家乡非常有名，几十里外的人都来定纸活。改革开放后，爷爷和爸爸琢磨着减少了纸活工序，扎起汽车、彩电、洗衣机、自行车等新兴事物。

爷爷还是个泥瓦匠，砌辘轳井、盖房子、搭屋、垒猪圈，样样都会。营子当中谁家盖房搭屋，爷爷总想帮几个工，东家管几顿饭，生产队补上几个工分算是报酬。谁家有个大事小情，爷爷都到跟前，总是说一些大事化小小事化了的话，从来不掺和是非。

爷爷为人厚道，乐于助人，门口来个要饭的，不管怎么样也给人弄点热乎的饭菜，临走再装上点烟。乡亲邻里有个事，总是尽最大的力量帮忙。有个乡亲去锦州贩大烟，扔下两个丫头在家，媳妇想着家里没啥吃的，只能去远处讨饭，临走时还把门锁上了。

两个丫头连着好几顿没吃饭，饿得哇哇直哭。爷爷听到孩子哭，赶紧跑去开窗户，递进柴火和干粮，让她们在炕上烤着吃，时不时地过去看一看。爷爷后来说，那个场景太惨了，天寒地冻，两个丫头差点被冻死饿死。

爷爷到了老年，两个丫头也年过花甲，还念念不忘报恩，多次地拿着蛋糕去看爷爷，说他们一大家子人，全仗着爷爷救了命，要不活不到今天。

一次，两个邻居拌了几句嘴，其中一个人想不开喝了卤水。其他人赶紧灌解药，那人不张嘴，让他往外吐也不吐。后来爷爷给他跪下，压着他的舌头才吐出来，因为救得及时才保住命，后来老爷儿俩成为至交。爷爷总是不希望把事闹大，一旦他喝药死了，无论是对他自己，还是对老邻旧居，还是对当事人，都不好。

还有一次，营子里老两口拌嘴，老婆子扔下家里钥匙跳了井。爷爷远远看见有人急匆匆跑到井边，一下没了影，赶紧吆喝人，把她打捞上来。

又一回，一个老光棍被至亲撵出家门，连滚带爬地跑到了老情人那里，最后死在老情人的怀里。女方哭着去找爷爷，爷爷作为一个有威望的人出面，一一化解了矛盾。

二十世纪七十年代，营子里有个小孩经常肚子疼，在炕上翻来覆去地打滚。那户人家把爷爷请去，爷爷一看肛门两边长了水疱，赶紧用针挑破，这在农村叫“挑翻”，是一种土法，也不知道有没有科学道理，反正缓解一下。这个孩子时常犯病，又哭又闹，爷爷一帮就是多少年。

那时很多人有这个毛病，爷爷从不嫌脏，也不推辞。

奶奶是本镇南荒村的娘家，民国时相对富裕一些，太姥姥很会说，有六个姑娘、两个儿子。奶奶排行老二，是个小脚。经媒人介绍，十八岁出嫁，走的是传统的包办婚姻。奶奶生了很多孩子，养活成人五个，四个儿子一个女儿。

奶奶原来没有正式名字，嫁过来被称为刘张氏，或者被俗称为刘合家里的。直到晚年，我爸哥几个凑到一起，觉得每个人都要有个响当当的名字，以后留给后世子孙做个念想。于是给奶奶起了一个很文雅的名字，叫张枝玲。儿子给母亲起名字，这也是一件奇特的事情。

家里日子艰难，奶奶白天看孩子，去生产队干活，晚上还要缝缝补补，做衣服、鞋和袜子，还总是把大孩的衣裳改成小孩穿的，补丁摞补丁。爷爷有时买回几尺白布，奶奶放在荞麦花里染染色，给孩子做成衣服。除了这些，奶奶还要起早贪黑地喂猪喂鸡，上集市卖点钱。

家家都吃不饱，穷得上顿不接下顿。有一次，奶奶一看实在揭不开锅，跑回娘家借粮食，娘家的粮食也不多，从牙缝里挤出点荞面。奶奶拉回来后做了点荞麦楂粥，刚出锅，爷爷想起来有个邻居也好几天没吃东西，赶紧叫过来。邻居实在饿大劲儿了，连喝几碗荞麦楂粥，差点没撑死。

生产队过年会给每家二斤面，家里蒸一锅大馒头，奶奶只吃一顿，剩下的留给孩子和爷爷，自己就吃点咸菜吃棒子面干粮和棒粥。

爷爷七十多岁时牵毛驴时，毛驴不老实，爷爷摔了一跤造成骨折，从此下不来地，拄着拐棍也不行，肌肉慢慢萎缩，后来又添了一些病。二大爷和我爸赶着驴车拉着爷爷去牛家营子医院，那时爷爷已经骨瘦如柴，都支撑不住身体。我爸背着爷爷进了诊室，大夫一看没法治，只能说没啥事，抱回来搁在炕上就不行了。

1996 年的 5 月 12 日早晨，爷爷去世，享年 77 岁。爷爷一生为人厚道，有求必应，团结邻里，因为孩子多，日子也不景气，没享什么福。爷爷出殡时，我扛的花幡。

本来在我之上，爷爷有三个孙子，二大爷家的兴文哥在河北当兵，兴武哥在呼和浩特上学，我的亲哥哥刘大伟因为阴阳仙说忌讳，所以才轮到我。我从小不常在爷爷家玩，但

家族传承手艺，秸秆扎纸糊的车、马、人和牛

那一天，才真正感觉血脉传承的不可替代。

二大爷作为家中长子，扛着白幡，我扛着花幡寸步不离地跟在后面。

漫天飞舞的纸钱，呜咽低沉的哭声，长达百余米的送葬队伍，白茫茫一片丧服，三步一回首磕头，眼泪不自觉地流个不停。我不知道怎么到了坟地，不知道怎么下葬，只知道按照丧礼程序，在家人的指导下走完全程。

后来读书，看到“草木为之含悲，风云因而变色”，我想世间确实存在这种感受，并不完全是文学的夸张表述。不然当时的天空怎么一片灰暗，似乎整个世界都在哭诉。

第三章 苦乐由人

大姑叫刘素兰，1938 年生，兄弟姐妹中排行最大。生在穷人家里，小时候在庄稼地里玩耍，一辈子也在庄稼地里求取生活的饱与暖，从妇女队长，到生产队副队长，再到生产队长，一路拼搏一路奋进，从来没有停歇。不论他人对自己如何，只求无愧于心。向往读书，却没有条件，勉强在夜校学了一点文化。大姑辛苦带大五个孩子，给他们成家，却突然间发现自己老了。本想安度晚年，老伴却突然病故。无论世路多么坎坷，坦然面对生活，这是对大姑一生的总结。

又穷又苦

小时候家里非常穷，要吃没吃要穿没穿，上顿不接下顿。一两年不做一身新衣服，穿的裤子补丁摞补丁。七八岁记事起，大姑就帮着家里干活，上山拔草、捡柴火、放牛、推碾子、做饭，什么都会。春天种地，夏天刨地，秋天割地，顶一个大人使。

二爷爷和三爷爷死后，老院子只剩下大爷爷和爷爷两家，日子越来越不好过。当时种的粮食是谷子、高粱，还有荞麦。遇上好年，打的粮食也不够一家人一年口粮；碰上贱年，粮食打得更少，甚至根本种不上地，几乎天天挨饿，好几次家里的米缸见了底，一粒粮食都没有。春天和夏天还好说，可以挖野菜撸树叶，冬天就惨了，天寒地冻没地方弄。

有一次，大爷爷好几顿没吃东西，站起来东倒西晃，走路的力气都没有。大奶奶和大姑要去北梁刨野菜，顺便挖一些麻黄用来烧火。走到营子中间，母女俩碰见老刘家另一户老太婆，人家给了一碗豆角粥。大奶奶和大姑端着这碗粥赶紧回到家，整碗给了大爷爷。

大爷爷饿晕了，狼吞虎咽喝了整碗粥，吃完还舔了舔碗底。大姑直愣愣地看着，最后一看啥也没剩，哇哇大哭起来，说:“爸爸你怎么不给我剩一点啊?”一家人抱头痛哭。

小时候，大姑经常和营子里的小伙伴一起玩，常在一起的玩伴是二爷爷家的刘庄，常玩的游戏有抓石头、欻嘎差，最有意思的是自己泥人头，团一个个泥蛋，两边贴上大钱，中间用一个树枝穿起，晾干后拿着玩。

十三四岁时，大姑跟着大奶奶学做针线活，晚上在煤油灯下做鞋、做衣服。

家里几代都是贫农雇农，只有几亩薄田，没有牲畜，日子怎么过都不容易。忙活大半年，打不了多少粮食。

在上级号召和鼓动下，各个营子开始斗争地主，贫雇农把地主家的牲口、衣服、粮食、土地强分了。大爷爷家也夺了点地，抢了几件农具，日子好过一些。

地多了，活更累，家里人一整天在山上干活，有时中午都不下山。大姑回家取点炒面和凉水，一家人用凉水和炒面，就在山上吃。日子变好一些，不光是我家，营子里很多家的日子都比以前强。有时干完自己家的活，又到别人家干活，挣来几毛钱。大姑拿着这几毛钱，心里特别高兴。

日子好过了，有的父母把孩子送去上学。大姑也想上学，大爷爷和大奶奶不让去，认为女孩子上学没什么用，早晚嫁到别人家。

后来，营子组织上夜校，晚上有老师教识字。一帮半大不小的孩子，大部分是女孩子，偶尔有几个大人，聚到一间屋子里，点着煤油灯听老师讲课。大姑特别爱学习，老师教的字记住大部分，慢慢地能读懂简单的课文。

十五六岁时，大姑跟着大爷爷学做纸活，一家人把纸活卖出去，赚个零花钱，后来学会了编折子，把秫秸劈开，用水泡透，刮去芯，一道道编成折子，一天能编几小块，换上一两块钱。

还是穷苦

几年后，大姑长成了十八岁大姑娘，谈婚论嫁提上日程。那个时代，找婆家基本上是隔山买牛，男女双方谁也不认识谁，全是父母做主，大姑找婆家也是如此。

有个亲戚当介绍人，就是俗称的媒人，来大爷爷家提了亲，对象是另一条川大营子村老李家的小伙。三月初四，大爷爷和介绍人来到大营子村，从门缝看好后就算相中。

三月初八，趁着吉利日子便开始张罗订婚。未来的公公婆婆骑着毛驴，来到大爷爷家，留下一百六十块钱、一副银镯子、一对银耳环，作为定亲物。

从相亲到结婚，大姑没见过大姑父，没上过婆家，大姑父也没见过大姑，没到过岳父家。人长得什么样，是干什么的，脾气秉性怎么样，大姑什么都不知道。

八月初四结婚当天，婆家赶来一辆大马车。大爷才七岁，看见姐姐被接走，说什么也不让，哭着喊着闹了一阵。大姑还是坐着大马车，流着眼泪跟人家走了。

到了大营子的婆家，大姑一看屋子里有柜，还有胆瓶、茶坛，感觉还可以。房子用黄土泥用笤帚一蘸往墙上一甩，下半截刷了，上半截还很黑。但是第二天，柜就被人家要了回去，原来那个柜是借的。大姑父结婚穿的外衣也是借的，第二天也被人家要了回去。

婆家有三间房子，西屋住着前婆婆生的小姑子和小叔子。结婚那天应该是洞房花烛夜，但是大姑、大姑父和小叔子小姑子住在一个屋。大奶奶给大姑做了一套行李、一床被子、一床褥子。四个人合盖一床被子，大姑没有新被窝。大姑当时非常想家，不知道回家的路，只能偷偷地哭。那日子是真穷真苦真难，不知怎么过来的。

结婚没几天，大姑和大姑父到生产队去干活。大姑父的白褂子上都是汗渍和土，和黑的没啥区别，两个肩膀各补一块黑补丁，前面又补一块，裤腰扎一条麻绳。营子里的人投过来异样的眼光，那明显是一种瞧不起的神情，和大姑逗趣，笑话大姑父的穿着。虽然是逗趣，大姑听了也不是滋味。

嫁到婆家后，大姑发现家中状况也不好，吃上顿没下顿，有时还揭不开锅。

婆婆是后婆婆，前婆婆生了三个孩子，大姑父和一个小姑一个小叔。后婆婆生了三个孩子，一个小叔两个小姑。后婆婆有偏袒，不向着前窝，好吃的和新衣服只给自己三个孩子。人还很厉害，动不动发脾气，干活不好要骂，做饭不好也要骂，甚至打。

最小的小姑子只有三四岁，想玩什么得领着出去玩，想吃什么得给她弄，弄不好弄不对，婆婆还要骂。公公是木匠，经常出去干活，不太管家里的事。

结婚第二年，前婆婆生的小姑十八岁了，找了婆家。也就是这一年，婆婆把大姑和大姑父撵出来，给了两床被窝、三个碗、三双筷子、一个盆、半盆谷子，还有前婆婆生的小叔子。

分家后，大姑一家搬到后院，住在叔伯公公的厢房。实际上那也不是厢房，是人家存放东西的偏厦，一个类似仓库的小房子，三面是墙，一个小门，没有窗户，根本不是一个实实在在住人的地方。

住了一段时间，叔伯公公家的儿子结婚，大姑一家又搬到叔伯姑姐家。因为男人在外地上班，女人带个孩子，所以才让大姑一家搬进来，也算有个照应。她家有三间房子，大姑一家住在西屋。

大姑父和小叔子各盖一床被子，大姑只能穿着衣服囫囵着睡。半盆谷子带皮碾碎，类似糠，比糠强一点。十月份大哥出生时，只能用棉袄的大襟裹着孩子入睡。

没有吃的就东挪西借，娘家离得远，大爷爷大奶奶也没少救济，背点干粮、咸菜、咸盐，走好几十里的路送来。

缺粮是经常的事，有时好几天见不到一粒粮食。大姑就上山挖秋末菜，回来洗了烫了，放点咸盐，一家几口就这样对付着吃。三年困难时期，大姑吃过糠，吃过荞麦芽，甚至吃过荞麦秸子磨成的面，吃下去根本消化不了。

在困苦的日子中，大奶奶又得了肝癌。当时的医疗条件和家庭条件有限，只是草草地用了点药，多数时间是在熬日子。大姑讲，作为姑娘没尽到孝心，原因是日子太苦。

大姑父是个老实人，干一把死活计。家里人最饿时，大姑让他出去弄点粮食，出去一天也没弄回来。他在生产队赶车，经常出去拉脚。早晨走时，管理员给每个车老板装一小口袋喂牲口的高粱，天天都装上点，给得也不多，管理员晚上回来还要检查。每次大姑父回到家，大姑使劲抖搂那个小口袋，哪怕有十个八个的高粱粒，也捡回来当宝贝。

有一年冬天，家里实在没东西吃了，正好大姑的二小姑婆家在赤峰，比乡下的日子好过点。人家有个亲戚负责挑菜，发霉发烂的掰下来，好的留下来卖出去。大姑让帮忙攒点菜帮子、菜叶子，攒得差不多了让大姑父弄回来。

大姑父中午吃完饭，挑着挑筐走着去赤峰。大营子到赤峰四五十里路，两个小时才能到。人家给弄一挑筐菜帮子、菜叶子，又给塞上几个囫囵个的疙瘩白。

正是十一月份，天气出奇的冷，零下二十多度。大姑父挑着两筐菜往回走，走着走着天就黑了，到了离大营子有五里路的营房，碰到两只狼，嗷嗷地叫，眼睛放着饥饿的凶光。

再走可能被狼吃掉，大姑父停下脚步，把挑筐放在路边，点着火开始抽烟。道边正好是地，地里有棒子秸，划拉一堆点着。狼看见火光，嗷嗷地叫着被吓跑。大姑父感觉狼跑远了，又挑着挑筐大步流星往回走。

大姑父

回到家，菜帮子、菜叶子全冻了，疙瘩白冻成了实心，硬邦邦的和石头似的。

冻了也是好东西，每天弄点菜，撒点盐，放点粮食，做个菜饭粥。后来没粮食了，就弄点水和盐，做菜粥。啥叫菜粥，就是凉水煮菜成的菜汤，整个冬天对付着终于挺过来。

赶到第二年春天暖和了，榆树长树叶，刚比黄豆粒大点，大姑就开始撸树叶，长出了秋末菜，又开始挖秋末菜做主粮，拿水煮秋末菜，放几粒粮食，熬一锅稀粥。几口人就喝这个稀粥，一个人喝好几碗，喝完用舌头把碗舔得干干净净。

秋末菜被挖光，人们再到山上薅荞麦芽，用水烫一下，搁点咸盐，当饭吃。荞麦芽吃多了，舌头是绿的，有时候走路打晃，人都是麻的，浑身酥酥的像过电一样。

有时吃糠炒面，在谷糠里搁上一把豆子，用碾子压成面，和上开水喝。或者把红高粱打成稀不溜的糊糊，和上糠炒面当饭吃。糠炒面谷糠多，人吃了拉不出来屎，大便沾着血丝。

记得饿得最厉害的一次，那年夏天下暴雨，连续好几天不放晴，根本不能出去挖野菜。一家子饿了好几顿，隔壁院子里的小园种着角瓜，好心的邻居给了两个。大姑赶紧把角瓜切了，连里面的瓤都没掏，添上半锅水，撒上一把盐，熬了半锅角瓜汤，一家喝这个汤度日。

终于挨到天放晴，又上山挖野菜。

贫贱的生活总是带来心酸。三姐回忆，小时候家里穷，后院住着远房的二叔二婶一家，二叔在外地当工人，每个月几十块钱，二婶很少上生产队里干活，整天在家哄孩子，生活比一般家要强。二叔个把月回来一次，每一次回来总是给孩子买好吃的，最起码是糖和饼干。

二叔家有五六个孩子，三姐经常和最大的孩子一起玩，管她叫姐姐。看人家吃糖、吃饼干很眼馋，毕竟那时只是个孩子。三姐经常去二叔家找姐姐玩，二婶有好吃的从来不给，人家有个大事小情也不求大姑，根本瞧不起。

记得有一次，二叔带回几块疙瘩糖，那时的水果糖。叔伯姐姐懂点事，偷着把一块糖磕开，给二姐和三姐各半块。三姐上后院玩，嘴里含着糖咯啦咯啦地响。

二婶听到声音，就问糖是哪来的，三姐说是姐姐给的。二婶不信，生赖是偷的，然后拽着到前院找大姑理论。说些不三不四的话，还当着大姑的面打了三姐几下，指责大姑不好好教育孩子，只会教给孩子偷。三姐记得最清楚的一句话，是你家穷死了，就会偷人家。

大姑性格刚烈，听到穷死了这句话，一下就急了，和二婶打起来。

几个小孩连哭带喊地把大人拉开，二婶恶狠狠地回去。大姑回头问缘由，三姐说确实是堂姐给的，根本没偷。大姑把几个孩子叫到一起，说人穷不能志短，无论别人说什么，自己一定要长心，以后要做人上人，不要再受人侮辱，不要再受这种委屈。

村里人常对大姑家的穷开一些半真半假的玩笑。大姑总是说，人不可能穷一辈子，不可能过一辈子苦日子。过上好日子，不让别人看笑话，正是有这个念头支撑着，大姑一辈子才拼命地干，不服输不气馁。

经过二十年，从营子里最穷的家变成营子当中较好的人家。

孝 顺

大姑结婚后，婆婆作为长辈没有尽到义务，把未成年的小姑子和小叔子当成累赘扔给大姑。大姑搬出去后，婆婆还隔三岔五地骂一顿，或者打一顿。婆婆这样做，她生下的三个孩子也跟着起哄，对嫂子百般挑剔。

大姑坐月子在十月份，天寒地冻，下了一天一宿的大雪，齐腰那么深，第二天门都推不开，实在出不了门，生孩子的消息告诉不了娘家。

婆婆根本不管，没来做过一顿饭。头几天小姑子和小叔子不在家，大姑父做饭。由于没做过饭，什么都干不了，熬点粥也熬不成，底下糊了上边还生着，更何况下雪，柴火都捂在雪里。

这样熬过四五天，大姑自己下地做饭，从雪堆扒拉点柴火。柴火是湿的，水是冷的，没有风箱，只能用嘴吹。满屋子都是烟，呛得不敢喘气，没办法只能敞着门，北风呼呼地吹，雪花直往屋里灌。天异常的冷，吃的饭半生不熟，大姑病得很严重。二小姑子实在过意不去，偷着给大姑做了几顿饭，婆婆知道后都不让。

二十多天后，婆婆也小产了，孩子怀上不到几个月。大姑还没有出月子，天寒地冻，公公让去伺候婆婆月子，不去就骂，没办法只能去。婆婆小产之后，第二年得了重病，来得非常快，到秋天就不行了。听大姑讲，婆婆患的是子宫癌。

公公四处请先生，赤脚医生、游走江湖的郎中都找来，吃了药也不见好。又过了一年，到了春末夏初，婆婆病得更厉害，最后卧床不起。公公是木匠，谁家有活，他还得背着工具箱去给人家干木匠。二小叔子上学，二小姑子上生产队干活，最小的小姑子还是七八岁的孩子，只能大姑和大姑父伺候。

婆婆得的是妇科病，成天地流血，没有卫生纸卫生巾，只能用小垫子给她垫，一天下来，几块垫子都是脏的，大姑给她洗。三伏天特别热，婆婆病入膏肓，流的不再是血而是脓，气味腥臭，亲生的三个孩子很少进屋。

生活条件有限，没有纱窗，婆婆屋子里的苍蝇特别多，身上经常落绿头蝇，那种大个的苍蝇。婆婆还在流脓，只有大姑硬着头皮进屋给她擦给她洗。婆婆最后骨瘦如柴，一层皮包着一把骨头，瘦得没人样。

即使如此，身上没有烂过或者长疮。

婆婆卧床三个多月，大姑床前床后地伺候。正是这几个月的伺候，婆婆改变了态度。可能觉得以前做得太过分，总感觉不好意思，对大姑好了很多。

临死那天，婆婆对大姑说想吃疙瘩汤。家里没有，只好拿着几个鸡蛋，到大营子老王家换荞面。人家看到这种状况，收下鸡蛋，给了半碗荞面。大姑做好疙瘩汤，婆婆中午吃完，下午接近天黑就去世了。

婆婆死时才 42 岁，她的孩子还没有长大。临死前，婆婆把她的三个孩子和一大家子人叫到床前，托付给大姑。银簪子也给了大姑，这个东西本应该传给自己的女儿，可能这几个月的伺候感化了婆婆。在困难时期，这个银簪子换成了粮食，解了大姑一家的燃眉之急。

小叔子只有十几岁，以前后妈管教得严，经常挨后妈的揍，老实木讷，不善言谈。别人说话时，他插不上一句话。有一回干活没干好，大冬天被撵出去，在生产队的草屋子住了几宿，可能是冻坏了，经常尿炕。尿到什么程度，坯都被尿塌，炕头成了一个坑。

十五六岁大小伙子的尿味特别臊，没有衣服给他换，大姑赶紧给他洗，早上烧火做饭，还得在灶门口给他烤裤子。尿炕总不是一个办法，没有经济条件，只能找偏方。打听着哪里有治病的药，不管多远不管多费劲，大姑总要给他讨。

后来听说远处大山有一种草，熬水喝能治尿炕，于是大姑就和小姑子步行五六十里路找这种草，挎着筐子采回好多。偏方挺管用，小叔子坚持喝大半年，尿炕逐渐好转。

到了结婚年龄，乡里乡亲都知道有尿炕这个毛病，说媳妇很困难。即使很困难，大姑也要想办法，哪怕是个瘸子是个瞎子，也要给说上媳妇。过了一两年也没找到，后来有亲戚介绍招养老女婿。养老女婿不光彩，但自身条件和家庭条件很有限，所以也得去。

大姑领着小叔子到人家定下婚事，人家的条件是要多少斗的高粱和小米。现在谁家都可以弄到粮食，那时要几斗粮食比登天还难。大姑还是答应了，期限一个月。

大姑马不停蹄地张罗粮食，能借到都借了，能求到都求了，还凑不够粮食。把娘家陪送的一个银镯子和一个戒指卖了，还不够。又回到娘家，大爷爷给了两块大洋，卖了钱才凑够粮食。洗了大姑父的一个小褂，大姑结婚时的被褥也拆了，拿着这些东西，送小叔子到老丈人家，总算成了家。

小叔子的老丈人外号四癞子，日子中上等，姑娘念过高小，长得不丑，自身条件好，在营子当老师，什么对象都在当地找不到，原因是她爹的名声太差，十里八村都知道。

小叔子到了丈人家，老丈人根本没把他当成姑爷，也不当人看，成天找碴儿，开始是骂，后来是打。小叔子有了两个孩子，实在过不下去，找人偷偷地给大姑捎信，说家里人再不管他，再不把他弄回去，可能会死在这里。

当时大姑家四个孩子，住在一个偏厦子，已经很困难，但还是想接回小叔子，丈人家不同意。小叔子最后还是回去了，媳妇天天哇哇哭，丈人一家人来到大营子，赖着不走。

大姑托人在生产队找了一间房，安排他们住下，几年之后，又帮着盖上房子。

小叔子从小受后妈的管制，成家后又受到丈人的管制，一辈子压抑苦闷，60 岁时得了肝癌。

去世当晚，他说什么都要见大姑。下半夜两点多钟，大姑领着三姐，拿着手电来到小叔子家。小叔子躺在炕上，骨瘦如柴，没有血色，身体微微地挣扎了两下，支撑着想坐起来，还没说话，眼泪不由自主地流下来。

他拉着大姑的手，说这一辈子最想报答的是嫂子，已经没有这个能力，说完头一歪离开人世。

以后家里的一切重担都压在大姑的身上，她也受不了。大姑就帮着干，实在忙不过来，让大哥、大姐、二姐去帮助。小叔子的老丈人死时 80 多岁，眼睛已经瞎了，他来到大营子几十年，本身脾气秉性不好，去世时根本没人帮忙，老邻旧居也不往前凑合。

人死后搁上三天，必须八杠抬出去土葬。大姑看着弟妹和侄子在家里犯难，动了恻隐之心，领着大哥挨家挨户磕头，给人家说好话，营子里的人看大姑的面子，才把死人抬出去。

养育子女

大姑一辈子生了六个孩子，活下来五个。

生大哥时，接生婆把炕席掀起来，扤了一簸箕土垛在炕上，把孩子接生到这堆土里，简单地包裹两下就走了。孩子生出来后二十多天，大爷爷背着吃的用的给大姑送来，就这样慢慢熬过冬季。

第二年开春，大姑还得去干活，不干活挣不来工分，挣不来工分也就没钱。婆婆生病时偶尔照看孩子，大姑上山干活；婆婆死后没人哄孩子，就送到姥姥家。

那年端午节，大哥已经好几个月没回来，大姑和大姑父去看大哥。正好孟家营子下大暴雨，然后发洪水，大爷爷的院子进了水，齐腰那么深，冲进屋里。

大姑父费劲蹚过水到了屋门口，一看屋里的柜子、箱子漂了起来。眼见水就上了炕，大爷爷一家和大哥都在炕上。大姑父用铁锹在后墙挖了一个窟窿，水才跑出去，那天要不

大姑一家

是大姑父在，大爷爷家肯定被冲被淹，大哥被冲走。

娘家遭了灾，只能接大哥回来。大姑一边带孩子，一边上山干活，给孩子带点水和干粮，饿了给他点干粮，渴了给他点水；孩子要睡了，铺上自己穿的衣服，把孩子往上一放，也不管地上有没有虫子。

大哥到了上学年龄，穷人家上不起学。大姑小时候就想上学，家里供不起，留下终身遗憾，知道没文化不行，将来走上社会吃不开，所以下定决心，即使砸锅卖铁也供大哥上学。大姑缝了个书包，用鸡蛋换来本子、书、铅笔和学费，送八岁的大哥上了小学。

头一两年，还能对付着过去。过几年后，大姐、二姐、三姐陆续出生，家里孩子多了，生活更困难，但大姑还坚持让大哥上学。营子有些孩子，家里困难供不起，念个三四年级就回家帮着干活。大姑让大哥半天上学，半天回生产队放牛，就这么一边上学一边干活，两方面都没有耽误。

对付着上完小学，初中花费更大了。营子中很多学生都不再念书，大姑却接着让孩子上完初中。大哥想学二胡，大姑给他买把二胡，让他拜了师傅，还学会了吹号。学校领导看上大哥，让他进文艺宣传队。

大哥初中上完接着读高中，花费太大，穷日子实在支撑不起。大姑寻思着将来孩子有个好出路，还得上高中。正好，婆家这边有个土城子高中，便托人让大哥上了高中，他平时还可以回姥姥家。听我爸爸讲，大哥活泼好动，特顽皮。大奶奶也常说，这孩子犄角旮旯的地方都能淘到。

大哥毕业回来，大姑正在生产队当队长，和公社领导说，想让大哥在营子学校教书当老师。领导觉得人才难得，大哥就当了老师。第二年，大姑又给大哥定了一份亲事，商定好四百块钱彩礼，给儿媳妇买衣服。

大姑结婚时啥都没有，知道结婚以后的生活不容易，把时兴的四大件都买了，手表、自行车、缝纫机、挂钟，置齐这些东西，对一个农村人挺难得，一方面是因为钱紧张，再一方面是因为需要凭票买，只有供销社卖。大姑的小叔子正好在供销社上班，帮忙弄了一些票，才把四大件买全。

那时流行涤卡和的确良的衣服，大姑也想办法买到。的确良在赤峰能买，涤卡根本买不着。正好大姑有个吃商品粮的叔伯小叔子在赤峰上班，经常出差，大姑让他在上海捎回两个涤卡的褂子，花了六十块钱。

大姑又重新给做了行李，打了三节木柜两节箱子，终于给大哥结了婚，了却一个心愿。过几年，大哥有了两个儿子，大姑一边干活，一边照看孙子，还帮助盖了新房子。看着大哥独立支撑起一个家来，大姑才做主分了家。

大姐出生在1960年，比大哥小三岁，没少受罪，也没少受累。大姑说，这五个孩子中最对不起的是她。大姐想上学，大姑在生产队当队长，为了多挣点工分，没让上学，让她哄弟弟妹妹，错过了上学年龄。等到弟弟妹妹开始上学，大姐已经十一二岁，对上学也失去兴趣。

大姐干不动大活，每天跟着大姑上山拔草，小孩子顶半个大人，能挣半拉工分。天也热，烤得大人都受不了，大姐跟着拔草，没过几天就害了眼，眵目糊长满双眼，最厉害时双眼睁不开，啥都瞅不着。那时没钱上医院，只能找偏方。

西院老刘婆子经常抽烟，一尺来长的烟袋抽了好几十年。她说给孩子上点烟袋油子吧，没准能好，弄个席篾从烟袋杆里挖出油渍，涂到大姐眼皮上，疼得哇哇直哭。没想到上了几回，大姐的眼睛可以睁开，眵目糊也不那么多了。

但从那之后，大姐落下病根，净眨眼，眼睛总是一眨一眨。

离大营子七八里地有个白石厂，挣工资不挣工分。大姑跟公社领导说通，让十六岁的大姐到白石厂当了工人，没有自行车，来回全靠走。大姐早晨四五点钟出发，也没双棉鞋，穿着夹鞋或者黄胶鞋；晚上下班天冷，有时还下大雪，再往回赶。大姐没上过学，认字不多，算账算不对，后来没有留下。

二姐从小身体不好，爱生病，上学时每天都是一个人静静地看书。五年级时，二姐又生了一场大病，扁桃体发炎化脓，发不出声音吃不下饭，连水都咽不下。

后来没治了，二姐到赤峰住了几天院，吃了很多药。没有奶粉，只能喝小米粥，再不就是喝开水，放一点白糖，最后饿得连坐起来的力气都没有，有一次喝水，稍稍咽下一点就一阵猛咳，咳嗽了十多分钟，吐出一些脓水，打那之后病情有所缓解。

家里有个亲戚在赤峰当兵，需要一个哄孩子的人，初中毕业的二姐就去了那里。亲戚在部队当领导，家里书多，正好合乎二姐的性格，没啥事时专心看书。

除了看，二姐还写了一部小说，投给编辑部。过了两三个月，编辑部把小说底稿邮了回来，上面有部分改动。给她改动的人叫端木蕻良，很有名的一个作家，写信让二姐到北京参加座谈会，想培养培养她。

家里没有一个文化水平特别高的人，不懂写作，认为一个十几岁的姑娘上北京投靠外人，既不沾亲又不带故，被骗了怎么办。端木蕻良写信来催，家里人最终也没答应。二姐又向其他刊物投稿，一些散文和诗歌逐渐见于报章，稿费有二三百块钱的，也有一百来块钱的，还有几十块钱的。

哄了三年，人家孩子大了，二姐回到大营子，在村小当了老师。因为文笔好，二姐也负责学校板报，一个月更换一次内容，任务挺重，但是二姐愿意干。板报受到全乡老师以及学校领导的好评，二姐自己还在总校创办刊物。

后来认识了二姐夫，二姐夫是一个志愿兵，在兴安盟部队服役。结婚第三年，二姐辞去教师工作，到部队随军，在兴安盟的一个印刷厂上班，后来生了儿子。二姐夫部队转业，被安排到赤峰的一个粮站，二姐做了一名医生。

三姐出生时，生产队还没有解散，大人忙着在生产队里干活，没工夫管孩子，愿意干什么就干什么。没上学前，一群孩子到地里挖菜割草，回家喂羊喂兔子，再不就是捡柴火。

印象中，大姑吃完晚饭就开始做鞋，几个孩子轮流举煤油灯，实在太晚了，大姑就让把煤油灯放在一边。有时睡醒一觉，看到大姑还在做鞋，或者抓孩子衣服或头发上的虱子。那时卫生条件不好，没几件衣服，来不及换洗，头发上一串串虮子，黑色的头发趴一层，篦子一梳哗哗地掉。

上学第一天，三姐就下定决心把书念好，不下庄稼地。她学习刻苦，成绩也不错，后来经过层层考试选拔，进入赤峰最好的学校红旗中学。

初中毕业，三姐为了缓解家里的困难考了中师。不幸被人顶替，顶替三姐的是总校领导的子女。中师没有被录取，又没有报高中，三姐决定复读，上高中考大学，未来选择当医生，给人看病，救死扶伤。

正好乡镇招聘老师，三姐不愿意参加，家人让她参加考试，只能硬着头皮去考。本可胡乱答卷，那时心理单纯，思想没那么复杂，拿到试卷后还是认真对待。一百多人参加考试，要了五个人，三姐被录取。

被通知到总校报到，三姐就是哭，说啥也不去。大姑父勉强同意，说不去就不去，去哪里爸爸都支持。大姑不干，非得让去当老师。三姐还是坚持自己的想法，大姑没治了，只好把叔叔和一些长辈请来做说服工作。

最后，三姐还是屈从了家人的意志。

三姐抱着当一天和尚撞一天钟的想法，准备走到哪算到哪，不行的话就不干，接着复读考高中上大学。当迈上讲台，三姐面对一群七八岁的孩子，马上被他们的天真和无邪感染，从此踏踏实实地做了一辈子老师，先后获得先进教师、先进工作者、优秀班主任、三八红旗手、教学能手等多种称号，大大小小的奖励三四十个。一直到现在，一大摞证书还在家里放着。面对这些奖励，三姐自己可以默默地说一句话，当教师一辈子问心无愧。

二哥成长时，家里生活已经变好，没有经历哥哥姐姐的苦楚。初三时，二哥说什么也不愿意念书，逼得大姑不是打就是骂，撵着他去上学，对付着到了初中毕业。

二哥喜欢开车，大姑把他送到赤峰技术学校，拿到驾驶证，学会开车和修理，毕业后到柳条沟乡中学开汽车。随着个人阅历的增加，二哥开始在外面闯荡，有了坎坷也有了些成就，一辈子没离开过车。

大姑讲，五个孩子是她和大姑父辛辛苦苦拉扯大，操劳半生实在不容易。偏向点大儿子，能给他的都给他；最对不起的就是大姑娘，一辈子没上过一天学，斗大的字不识一个。自己在生产队当队长，和公社的领导关系好，哪怕让大姐念上二三年级，也能给安排个固定工作。

当队长

大姑说，这一辈子最大的动力是过上好日子，从结婚到现在一直在挣扎在奋斗。年轻时受过很多苦，所以心里明白，只有拼命干活，才能赢得美好的生活和别人的尊重。

“四清”时，工作组入驻大营子，成员从大城市来，有很高文化，看到社员多半不识字，开办了速成性质的学习班，用拆字法教识字。

夜校办在生产队的集体房子里，学生有几岁的孩子，也有三四十岁的中年人，甚至六七十岁上了年纪的人也来学，反正都是些识字不多或者根本不识字的人，白天干活，晚上学习。

因为从小识字不多，大姑积极参加。从夜校学会很多常用字，加上原来在家认识的字，基本能念对社员名字，能给社员们记工分算工分。

只有挣到工分，才能挣到钱。大姑天天干活，无论刮风下雨，家里遇到多大的事情，很少耽误工。生产队按照工作量和能力大小记工分，有人挣 15 分，也有人挣 20 分，同样干一天的活，挣不一样的工分。大姑干活下苦大力，挣的工分不输给年轻力壮的小伙子，起早贪黑地干了几年，家庭的日子终于有点好转。

大姑还积极参加集体活动，经常给队长或社员提一些建设性意见。大家认为不错，于是选举大姑当妇女队长，干了几年妇女队长后，再被选为生产队副队长，过了一段时间又当上队长，成了一把手，从此在队里说了算，这个过程是拼出来、干出来的。

大姑每天早早起床，麻溜地吃口饭，召集社员分配任务。春天计划着地里种什么种多少，夏天领着拔草锄地，秋天领着收割庄稼。家里每年都养猪，粮食比较少，人还不够吃，没有余粮喂猪。

中午一有空，大家还要上山挖野菜撸树叶。这样才能把猪养肥，过年杀出几十斤肉。

生产队什么样的人都有，不太好领导，工作不好干。大姑公平公正，能够照顾到大多数，体力壮的干累活，体力不好的干轻活。晚上大姑还要和会计坐在一起，把一天的工分记上，不让大家白干。大伙认为领导得不错，很信服也很佩服，大姑的能力得到了认可。

生产队的活计不像现在，把粮食打到囤里就没事，可以说天天有活计，无论冬夏，无论春秋，很少闲着。最忙是打场，

大姑作为地区先进代表，参观山西大寨与同行合影，左为大姑

白天干不完，晚上打夜战，一直打到二半夜，中间吃顿夜饭。大家坐在一起，乐呵呵地吃饸饹或年糕，累并快乐着。

因为有大姑的带领，生产队的粮食年年打得都比较多，老百姓得到实惠，上级领导非常认可。三十几岁时，大姑被评为劳模，到县革委会领奖，获得一面奖状和四十多块钱奖金。

老百姓种田的积极性提高了，能吃上饭，但不算是饱饭，大姑想着领大伙干点别的，于是召集社员建个石灰窑，在山坡下面挖个大坑，用石头砌起来，从附近山上开采白石头。石头都是大块，要用大锤敲成一斤多重的小块，比较费力。

大姑为了多挣点工分，也为了带个好头，无论白天还是黑夜，总是和一群小伙子一样抡锤子、砸石头。除了砸石头还砸煤块，生产队的马车队负责把石块和煤块拉回来，搁上一层煤，搁上一层石头，再搁上一层煤，再搁上一层石头，填满整个窑。

过几天窑烧好，石头粉碎变成石灰。

生产队的马队再把石灰拉到市里卖钱，实现创收。有一年，光是烧窑副业一项就收入几千块钱，每人多得十几块钱。烧窑过程中，煤特别紧缺，没有煤烧不成窑。

有一次，为了解决煤的问题，大姑和生产队另一个人带上几十个鸡蛋，步行三十多里，找到部队驻地，向领导请求借煤。谈了好久，领导同意给些煤块和煤面子，随后用解放大卡车送去三车。生产队杀了一口猪作为酬谢。这个事情虽说是大姑做的，但为了大伙着想，没多得一分钱。

正因为这样一直为公不存私心，社员们非常拥护大姑。

烧石灰得到实惠后，生产队又研究其他副业，于是办了养猪场和养羊场。养猪不容易，喂猪要精心，尤其是猪下崽时，没个准确时间。为了不损失猪崽，大姑和其他社员一晚上在猪圈守着。把小猪崽低价卖给社员后，社员很高兴。同时生产队还办了养羊场，剪些羊毛卖点羊肉，把钱分给社员。

社员如数领到粮食，基本填饱肚子，副业提升了社员的生活水平。一年下来，大部分家庭能得到四五百块钱的收入，有的家庭可以拿到一千多块钱。这点钱放到现在不算什么，放在三四十年前可不少。有钱后，大姑添置的第一个东西是缝纫机，缝缝补补比手工快多了。

大姑拼命带领社员干活，得到了社员拥护，第二次受到表彰，参加了赤峰劳模会。全国都在学大寨，大姑被选为代表参观山西大寨。第一次出远门，坐上火车，住上旅店，到了大寨村，看到真实的大寨，见到了郭凤莲和陈永贵。回来后，赤峰地区开启大会战模式，把坑坑洼洼的地方平整出来，特别小的地方也填平种上庄稼。

人民公社不符合实际的生产状况，违背了经济发展规律，不利于社会生产。各队干部偷拿卡要，社员消极怠工，提升不了主观能动性。大姑以个人带动了社员的干劲，一定程度上扭转了生产队的恶劣风气，劳动状况相对较好。

但大姑常说，现在的生活比吃大锅饭时好多了，人人奋斗，按能力生活，不靠天不靠集体，有多大付出，有多少所得。

总体来说，大姑遗传了大爷爷的性情，不贪财不好利，凡事求个公平和谐。她有担当精神，也有男人般的刚毅，平和的外表下，藏着一颗坚忍的心。

村子里曾发生这样一件事情，从中可以看出大姑的魄力。

大营子有一户人家，他家的姑娘高中毕业，长得漂亮穿得干净，又是赤脚医生，每天背着个药箱走乡串户，很让人羡慕。村子里有一户老王家，原来是个地主，家里有一个儿子，初中毕业后在生产队干活。因为成分不好，不好找媳妇，老王家有人造谣，说赤脚医生相中他们家儿子，还住在一起。

当时社会背景下，说这样的话等于玷污了姑娘的清白，以后找对象就难了。赤脚医生的哥哥非常生气，拿着刀子上了老王家。几个人在后面跟着，边走边劝，谁也拦不住。

生产队中午收工，大姑听到这个事，放下手中的活计，直奔老王家。赶到大门口，听到屋里面已经拼命地喊救命。院子里围满乡亲，连大人带孩子二三十人，很多男同志，没有一个人敢闯进去劝阻。大姑要进去，几个表姐怕出事，生拽着不让进去。屋里的人拿着刀子，正在气头上，弄不好劝阻的人也要吃亏。

大姑看孩子们很担心，就没进去。

一会屋里又传来救命声，大姑真是啥都不顾了，冲进屋子，十多分钟后终于把那个年轻人劝出来。年轻人手上沾满鲜血，还攥着刀子，走出老王家大门，院里的人才敢进屋。老王家已经有人躺在地上，身上挨了几刀，人们赶紧抬着送到医院，幸好没有生命危险，把伤口包扎好，事情不了了之。

如果大姑不冲进去，事情不会有好结果，可能要出两条人命。可以看出，大姑在生产队有威望，也有担当意识，能够做到临危不乱，果断机智。后来老王家经过媒人，又出高价彩礼钱，还是和赤脚医生定了亲。

可能两个年轻人确实有好感，家里人乱搅和，差点要了两条人命。结婚那一天，两家特意把大姑请去坐在上位，表示特别感谢。

二十世纪八十年代初，各队分田单干，责任田、牲口和家具分给个人。分配过程中，很多生产队出现争吵，甚至发展到打架斗殴，打得头破血流。大姑已经不是生产队长，公社领导提出，还是让大姑主持分配，大姑做到了公平公正，没有出现一起打仗。

单干后，大姑已经五十多岁，体质很好，和大姑父种几十亩地，日子一天比一天好，在营子当中，算不上是最富裕的，也算领头的。

晚年生活

就这样，大姑父和大姑两个人一起干活，把子女们养大了。本想过几天幸福日子，没有想到大姑父突然去世。

那年秋天的九月初一，已经把绿豆收割回来，大姑父和大哥到场院打绿豆，扬出来装到袋子里，再用车拉回来。忙完已经下午四点多，大姑父坐在炕沿卷烟，突然间身子一歪摔到地上。

大姑和子女都在家，听到声音赶紧过来，把大姑父扶到炕上平躺，大姑父已经说不出话来。赶紧打 120 叫了救护车，一查是心肌梗死，病情很重，花了好多钱也没治好。

终年 66 岁，那时大爷爷还在世。

大姑父一辈子忠厚老实，从不算计别人，最大的乐趣就是干活，十几岁参加劳动，一直到去世。用大姑的话说，一辈子干一把死活计，没多大能耐，不吃喝嫖赌，和谁都过得去，是大家公认的老好人。

此后大姑一个人生活，身边有子女照料着。过了几年，大姑开始扎纸活，赚点生活费，偶尔和人拉拉家常，打打麻将，哄哄重孙子，时间无声无息地溜走。

大姑说，自己所受的苦、自己所受的难，比幸福要多。小时候没吃没穿，天天挨饿，寻思什么时候能吃上一顿饱饭。

十八岁找婆家，寻思找一个疼自己的丈夫，家庭和和睦睦，搞对象也没按着自己的意愿来。嫁到婆家后，日子还是穷苦，好歹挺过来了。

大姑常说，人的命天注定，任何人不能抗拒。改变它很难，即使你改变了，可能以后也不会好。一生的好与坏，富与穷是一个定数，是一种平衡，有多大的财，都是命定的，不可移，多一点都不行，多那一点也会被老天爷收回。贪官这辈子贪很多，下辈子可能遭报应，把贪污的钱再还回去。

人和大自然也要过得来过得去，保持和谐，种地也是如此。如果人们刻意地破坏，大自然肯定要报复。现在说发大水就发大水，说刮大风就刮大风，因为人们破坏了自然。

大姑说，夫妻是什么，在他出现困难时，你去理解他帮助他。

大姑父四十多岁时得了一场病，检查出来是甲肝，吃什么吐什么，浑身没力气，在医院住了半个月，回来后还接着输液，液体瓶子摆满一柜。大姑父以前常年在地里干活，一生病窝在家里，心情变得越来越不好，总是无缘无故发脾气。

平常说一不二的大姑一下子没了脾气，好像变成另一个人似的。大姑父想做什么就做什么，想说什么就说什么，这样对付了一个月，大姑父的病慢慢好起来。

后来三姐问大姑，妈妈，你平时这么厉害，爸爸有一些不对的什么都反驳，为啥爸爸生病时一声不吭，也不顶撞也不反驳。大姑讲，夫妻之间必须能屈能伸，如果你不屈他不伸，那同样的两人会争吵不休，甚至会离婚，所以说双方必须理解。

大姑说，人生有两大遗憾，第一就是没有让大姑娘上学。当时家里确实穷，孩子一大堆，也认为一个女孩子念不念书、识不识字都一样，将来找婆家嫁人也是给人家干活。自己身为一个女人，喜欢学文化，还有这样的老旧观念，想来真是很惭愧。当时如果供大姑娘上学，多少识点字会算术，也能找个固定工作，不至于一辈子下庄稼地。第二件后悔的事情是没有孝敬老妈，没有尽女儿的一片孝心。大奶奶 66 岁那年得肝癌没钱治，后来家里条件有所好转，老人已经没了。

无论长辈做得好与坏，对与错，年轻人都应该担当。老人活着时，年轻人千万要尽力孝敬，不能说等到长辈去世只剩下后悔。

大姑说，自己想要做的事情，无论遇到多大的困难，无论有多少人不认可，一定把它做好。无论年龄大小，人必须有一个目标，没有目标没有奔头，这一辈子活着没劲。如果回到年轻时，大姑说最想做的事情是上学。从记事起，就知道学文化有用，现在已经 80 岁，还是感觉学知识最好。

这辈子最值得骄傲的事是把这帮儿女都拉扯大。虽然说没当多大官，没发多大财，但是起码都成人了，能够在这个社会立足，没有一个蹲监狱，让别人指着脊梁骨说，你看谁谁谁教育出那样的孩子来。

大姑说，受人滴水之恩，应当涌泉相报。自己困难时，别人帮助一点点，将来竭尽全力去帮他。用现在时髦的话来说，人应该善良，要有一颗感恩的心。

当队长期间，邻里之间有个大事小情，可以说是有求必应。正因为这样，营子里的人一直到现在都非常尊重她。

现在国家的政策好，对老百姓也照顾，赶上了农村合作医疗，有病去看病，还给报销，吃得也比以前强得多，甭说人吃的，牲口吃得都比过去人吃得好。现在大姑最大愿望就是有个好身体，吃完饭溜达溜达，和周围的老太太打个麻将。总之，现在真是跟生活在蜜罐子里、天堂里似的。

第四章 艰难苦恨

老姑叫刘秀云，1948 年出生。从小开始干活，断断续续地上了几年学，辛辛苦苦照看几个弟弟，嫁到三眼井后，好日子也没开始，面朝黄土背朝天，数不尽的家庭矛盾。等老了，老姑夫又去世，一个人孤孤单单。老姑一辈子在干活、生气、抑郁、哀伤与无助中度过，唯一欣慰的是把四个孩子抚养成人。

结婚前

老姑出生时，家里穷没有东西吃，奶奶的奶水不够，用半个破碗把老姑喂大，所以老姑小时候身体差，经常生病，一生病就拉稀。

治得差不多时，二大爷又出生，全家的关注大半集中在男孩身上。二大爷到了上学的年龄，爷爷怕有人欺负，让老姑陪着二大爷一起上学，意思是姐姐保护弟弟。

老姑断断续续地上了两年学，第一年在新房身，第二年在横道子，和二大爷用一个书包，有两个本子，一个破烂的当练习本，一个白纸裁的当作业本。买不起小刀，只能找别人借，有时还借不到。

家里需要人干活，老姑有时在家干十天半个月，等我爸出生，在家专门哄孩子，几年断断续续的学生生涯就此结束。

那时在生产队吃食堂，不干活不给饭。老姑只能和奶奶轮换着去生产队干活，奶奶爱生病，老姑十一二岁顶一个劳动力用。耪地、拔草、倒粪、起圈，什么都会干。春天种地，爷爷绑一个点葫芦，让老姑点化肥和种子。

小队没多少化肥和肥粪，也打不了多少粮食，反正每天都要干活。老姑下苦力，挣工分总是争先。十七八岁时为了补贴家用，爷爷挑一挑草，老姑挑一挑草，走到牛家营子集市，累得呼呼直喘。

一到冬天，家里就编折子，高粱秫秸撸掉皮，磕开，再轧平，刮掉瓤，反复泼水，碌碡轧平，整成糜子编折子。折子钱不好挣，十张大折子才三块五。一天也就能编几张，编得不多晚上睡不着觉。老姑一早一晚还会搂点秫秸，爷爷天天整糜子。

大姑平时做鞋，纳底子粘鞋帮，也不知道累，白天干不完，晚上点煤油灯接着干，反正一年到头总没闲时候。

生产队看老姑干活很下力，有人主动当入团介绍人，老姑写个申请后加入共青团，十八周岁时还当了民兵，几年后被提拔为民兵排长，手下十五六个年轻人，负责保护村民，背着木头枪也很威风。男的多女的少，老姑晚上一吆喝，民兵马上集合，说什么时候起就什么时候起。

烧锅营子大队时常召集各生产队民兵排长开会，开完会还要去牛家营子公社学习，学习完政策方针，再训练用真枪打靶。一年大概训练几次，子弹有限，每一次训练放两枪，打靶没打准过。老姑学会后，再教其他民兵，训练立正、稍息和队形。

大姑有时代表生产队去公社参加比赛，或者拉着队伍去公社参加训练，没少被折腾。老姑每天倒是精气神十足，也不嫌累也不喊苦，男民兵累得趴下了，老姑还站着吆喝训练队形。

天天开会，天天学习，每天喊口号，祝毛主席万寿无疆，祝林副主席身体健康。二十五六岁时，老姑写了入党申请书，入党介绍人都已经确定，马上要入党，老姑结婚离开了娘家，入党一事不了了之。

结 婚

年轻时的老姑个子高高，腰板直直，身材不胖不瘦，梳着两个又粗又黑的大辫子，穿着干净的上衣，黑色的裤子，又能干，在十里八村很出色。

大姑家三姐说，姥姥家就这么一个姨，其余都是舅舅，所以和老姑很亲切。老姑平时带着她出去玩，哪家树上有杏了就去摘，上山干活也领着去玩。记忆中的老姑，总是在院子里用一个耙子唰唰地刷秫秸，用溜轴轧平，坐在地上编折子。

到谈婚论嫁的时候，好多家相中了老姑，托媒人来提亲。老姑心气儿高，瞅一个不中，再瞅一个也不中。媒人说：“你看的对象快装满一火车了，还没一个相中的。”

大爷爷专门带着老姑去趟红庙子，终于相中一个。男的长得挺好，当过兵。爷爷嫌人家穷，他家哥四个，只有三间破草房。爷爷去姨奶奶家打听，姨奶奶说人不错就行，爷爷

邻居马福彪二大爷家养的羊

最后也没有同意。

二大爷结婚后生了大姐。老姑一看弟弟都有孩子，明显感到了压力，也觉得爷爷平时有点向着儿媳妇一家，自己想着赶紧走吧，可别在家了。营子里老李家四个姑娘都出嫁了，他家大姐比老姑大一岁，二姐比老姑小两岁。

年龄越来越大，老姑心不甘情不愿地找了现在这个婆家。大姑给老姑介绍三眼井一个姓杨的电工，说会系筐箩和簸箕，他们家也会过日子。第一次相亲在大姑家，老姑父个不高，话不多，老姑没有相中。

大姑家的几个孩子一起逗老姑，说不能跟他，他个子又不高，也不爱说话，以后没有办法和我们一起玩。

后来经过劝说，一个月后又来相亲，鬼使神差地和老姑父成了，也许这是命运的安排。那时流行换东西，老姑给老姑夫买了一个笔，老姑夫给老姑一个擦脸的手绢，老姑说手帕还带着汗渍，可能是用过的，满心的不高兴。这中间谁也没上谁家。

再过一个月，便订下结婚日期，从相亲到结婚也就两三个月，用现在时髦的话来说，就是闪婚。老姑夫骑自行车，带着老姑上街买了几件衣服，下饭店要了饭菜，老姑忘记吃了啥，反正没吃多少就回去了。两个人快结婚了还比较羞涩，不像现在这么开放。

要彩礼有要七头八百的，也有要少的，那会儿粮食便宜，才两毛钱一斤。老李家把女儿嫁到毛兰沟，把婆家直接要穷，结了婚家里马上揭不开锅。爷爷只要了三百块钱彩礼，陪送了挂镜、匣子等。婆家给买了钟表和一些生活必需品，缝纫机实在买不起就算了。

结婚那天，一个马车夫赶着车，拉着爷爷、奶奶、大姑、我爸、一个叔伯姑姑，和她那个拜把子妹妹，算是送了亲。婆家勉强把婚事办下来，饭菜用的是小碟，白酒怕不够喝，兑了辣椒水。送亲的人回来时，天还下着雨。老姑嫁到了三眼井，感到非常孤单，但也没有办法，只能把生活继续下去。

老姑父排行老二，有一个哥哥和一对双胞胎弟弟，还有俩小姑子。家中三间正房三间厢房，老姑的大伯子住在正房东屋，老姑他们一家住正房西屋，公公婆婆住在厢房。大伯子结婚已经好几年，始终没有小孩。

生　气

结婚头几个月，家里还算和谐，几个月后产生了矛盾。老姑做事干净利落，老杨家都是慢性子。老姑的脾气暴，心里有什么话忍不住，猛说一阵自己都忘了。公公婆婆听后接受不了，和小姑子、小叔子的矛盾也越来越多。

结婚第二年，老姑生下大儿子海龙，就是我大哥。大姑下汤面，老姑正和公公婆婆生气。因为经常拿着鸡蛋过来看老姑，家里慢慢攒下二十多个，婆婆拿走很多。现在这个鸡蛋不算什么，放在四十多年前可非常贵重。老姑在月子里生气，奶水明显减少，孩子饿得哇哇直哭。

有一回，老姑夫煮了一个鸡蛋，给老姑拿过来。老姑直接扔到门外，说："那么多鸡蛋都没了，我不吃你们老杨家的鸡蛋。"

大姑劝老姑，多往宽处想，最起码别生气，孩子还要吃奶。老姑不能上山干活，加上其他一些家庭矛盾，孩子满月后，公公婆婆正式分了家。老姑一家搬出去，大伯子家不搬。搬出去就得盖房子，确实是个问题。老姑不愿意搬，又和公公婆婆打仗，矛盾越来越深。

这一次不但公公婆婆，大伯子、大伯嫂子、小姑子、小叔子一起上阵，老姑生气抱着孩子来到大姑家。回娘家不方便，路比较远，而且沟沟洼洼，大姑家和老姑家相差十五里，所以老姑有啥事就上大姑家。

在大姑家住了几天，老姑父来叫老姑回去。大姑劝老姑，你早晚得搬出去，搬出去就搬出去吧，自己盖房子，盖不上三间，你先盖两间。老姑父也同意出去盖房子，两人回去开始张罗。

过了一段时间，大姑和大姑父在婆婆家的下面盖了两间房，有四十多平。推开门是锅台，锅台后面是一个盛粮食的仓子，屋里一铺炕，墙边支着三节柜。老姑和老姑夫搬过来，不愿意和婆家人再有多少来往。

老姑父在大队加工厂上班，老姑为了添补家用养头猪，每天都到加工厂去扫剩糠。好不容易把猪喂胖，卖了几百块钱，公公婆婆从老姑夫手里要走，说要供小叔子读书。老姑很生气，让老姑父向他爸妈去要钱。

老姑父两头犯难，这样两个人又打仗。打仗之后跑到大姑家，大姑又开始劝说。有时小姑子到老姑家打仗，指着老姑鼻子破口大骂。

隔了一年，老姑生了大姐海英，生活的负担加重。这时解散了生产队，包产到户。老姑原先哄孩子，可以不上山干活，分开单干后，不干活庄稼没人种。大队加工厂解散后，老姑父又在公社放映电影，不常干地里的农活。公公婆婆一家不给看孩子，于是老姑又上大姑家诉苦，有时把孩子放在那里。

春季和秋季，学校有农忙假，大姑家的几个表哥表姐一到放假，到老姑家哄孩子。

第一次，老姑中午把孩子锁在家里，然后步行来到大姑家，没歇息领着三姐返回家中。俩人进屋一看，两个孩子一个在地上坐着哭，脸哭得和花猫似的，另一个在炕上已经哭得睡着了，炕上还拉着屎。三姐帮忙看孩子，老姑上山干活。

一个小姑子和三姐同岁，来到老姑家和三姐大吵一顿，大概是介意给老姑看孩子。家庭矛盾已经无法解开，城门失火殃及池鱼。

三姐不服气就和她打，把她骂回去，婆婆又过来帮忙，三姐当时被气哭。等到中午老姑从山上回来，刚听完事情开头就风风火火走出家门，跟婆婆和小姑子接着打。

老姑夫言语不多，一边是父母和兄弟姐妹，一边是自己一家人，怎么办也不合适，索性听之任之。老姑不但和公婆生气，和老姑父也生气。

有一天，老姑拿着镰刀没有回家，风风火火地赶到大姑家，说和老姑父在山上干起来了，原因是老姑父干活不着调，老姑生气嚷嚷了几句。因为和公婆的地在一起，所以他俩一吵，公公婆婆不愿意，然后就收拾老姑，一生气又打起来。老姑父也赶了过来，大姑又好个劝说俩人一番。

老姑一忙起来，不是把孩子送到大姑家，就是让大姑家的表哥表姐过来看孩子。公公婆婆不管，拉扯孩子很是费劲。在不间断的生气中，四个孩子出生并长大，即我的大哥海龙、大姐海英、二姐海凤、二哥海成。

劳　累

因为经常和公公婆婆、小姑子、小叔子生气，老姑落下一身的毛病，一到秋天就咳嗽，一两个月也不见好。

大哥小时候脑袋大脖子细，细脖子好像担不动大脑袋，肚子鼓鼓的，一直到三岁才学会走路。大姐小时候经常感冒咳嗽，老姑抱着孩子来到大姑家，大姑赶紧帮忙给孩子治病。那时医疗条件差，药品紧缺。大姑和大营子医院的李大夫住前后院，李大夫不管药品多么紧缺，总能弄到青霉素之类的消炎药。

等老姑夫不放映电影了，就在家帮着老姑干活，两个人辛辛苦苦地支撑着家。分田单干时，老姑家抓阄抓了一个骡子，其他农具不全，只能和邻居合伙种地，种完地再个人忙个人的地。

老姑家的粮食够吃，但是钱不够花，供这几个孩子念书还要借钱。老姑想到编折子，开始时三眼井地区没几个人会，

我家里的一幅旧相框

老姑教会很多人，自己搂秫秸编折子，老姑夫帮忙打个下手，或者卖给供销社，或者上集卖给个人。一个冬天下来，可以挣一千多块钱，再上集卖点粮食，给孩子攒学费。

老姑家每年喂一两头大肥猪，过年或者孩子上学时杀掉，自己少留点，大半的猪肉都卖掉。有一次上赤峰五门市卖猪肉，老姑穿个单衣，装着几百块猪肉钱往回走，还让小偷给偷走了，回来才知道。连冻带着急，坐在炕上直打哆嗦。

山上山下有几十亩地，老姑一年四季都在地里干活，面朝黄土背朝天，反正没少受罪。老姑夫帮助有限，主要是老姑自己干。

有一回我回家听爸爸说，你老姑在山上干活，身体弯不下来就在地里爬着干，遭了老罪。腿总是疼，膝盖因为经常干活磨坏了，开始时只是腿疼发僵发木，后来发展到行动不便。家人劝治一治，老姑舍不得这个钱，最后发展到走不了路，只能半走半爬，最后才到赤峰医院动了手术，之后能走路，也能干一些农活，身体大不如前。

就这样，老姑和老姑夫终于把四个孩子都拉扯大，大哥读完大学在赤峰当警察，大姐、二姐念完初中，二哥也念到初中。四个孩子都成了家，各自有了孩子，他们也算完成人生任务。

老　伴

老姑父人很闷，不会说也不常说，年轻时在加工厂上班或者放电影，农活干得不多也不好。老姑特别要强，一看干得又慢又磨蹭，总和他生气。

算下来，地里的活老姑干得多，老姑父干得少。

到了中年，老姑父学会耍钱，慢慢地走火入魔。吃完了饭，找个借口就出去，成宿成夜不回来，白天上山干活，干一会就来觉，低头打瞌睡，老姑一阵吆喝，他才勉强起来干一阵，有时干活趁老姑不注意，又溜出去耍钱，不但在本村耍，还上外村耍。

开始耍钱时，老姑和他往死里打仗，想让他把耍钱戒了，一生气就往大姑家跑。大姑也很生气，那也没有办法，老了还要有个伴，只能劝说着将就着过。打来打去也没解决问题。

老姑父有时耍钱，家里的钱弄不着，就到外面借，赢了还人家，输了就欠着，人家来家里要账。老姑又是生气，有时给还上，有时气得不还。老姑夫也心疼钱，输得多时躺在炕上翻来覆去睡不着，说再也不去玩，但还忍不住，又去耍钱场想法赢回来。

老姑一看改变不了，干脆不管了，愿意耍就耍，愿意回来就回来，愿意怎么着就怎么着。老姑夫在家时，老姑吆喝着一起干一阵活。不管怎么样，家里的活帮不上太多，总能分担一些。

到了五十多岁，老姑父耍钱的瘾更大了，好长时间不回家。有时成宿成天地熬夜耍钱，好几顿吃不上饭，不注重饮食，生活不规律，造成免疫力下降，得了脊髓钙化，脊髓已经钙化，压迫神经不造血，血液循环不了。

听老姑说，老姑父得病前的三四年，自己感觉身体已经不行，时常大包小包往回买药，但始终没上医院，后来喘气受到影响，才上医院做检查。医生让他赶紧办理住院，病已经非常严重。

老姑夫在赤峰二院住了几天，但越来越不好，后来就是高烧，从二院转到市医院，用了很多药，头几天还挺好，过几天就不行了，有时烧到四十一二度，只能不间断地用消炎药和退烧药，以及物理降温的方法。钱像打水漂一样，哗哗地从家里流进医院，也没见病有好转。

市医院没有确诊，诊断书上只说脊髓方面有问题。家人去问市医院的大夫，大夫说天津血液中心是全国权威的血液检查机构，那里能查出病症。大姐和二哥拿着化验单，到天津血液中心咨询。医师一看化验单，明白告诉说已经不行了，没有治的必要。

大姐和二哥中午回来，下午办理出院，老姑父回到家，第六天去世。老姑父走得很安详，因为他是血液病，大夫都说身体应该很疼，但是老姑父没有受太大的罪。前后住了四五十天的院，花费十几万，对一个农村家庭来说，不是一个小数目。

老姑对三姐说："虽然说这一辈子他没帮上我，没给我挣来多大的财富，毕竟我俩生活了一辈子，再没钱也得给他治。最后确诊没有治愈的可能，那就没有办法了。"

现在老姑是自己过，旁边住着小叔子，两家闹得挺僵。儿女们劝她，接近七十来岁的人了，没有必要在农村孤单地生活，搬到赤峰在儿女的身边生活多好。有时亲戚也劝她，儿女们离你那么远，你要有个病，从市里到三眼井要一个多小时，到儿女跟前，照顾着也方便，有病十分八分就到医院。

但是老姑不愿意离开生活一辈子的穷窝。她有自己的想法，一个是劳累一辈子的人待不住；再一个到谁家去都不好，人家几口人过得好好的，冷不丁搁上她这么一个人，人家不方便，她自己也不方便。

老姑打算自己在三眼井过，实在动弹不了的时候再说。三姐还是劝她，不想和儿女过也行，那就别种地了，自己养点猪鸡消磨时间。老姑不愿意，她说还想种这几十亩的地。三姐说："你都眼见七十岁了，怎么还想着攒钱。"

老姑说："不是，种地打粮食卖了钱，哪个儿女有缺欠，可以帮助一点。"说得很短，也很实在，接近七十岁的她始终还没有为自己着想，想的还是儿女。这就是一个母亲，一个中国母亲的质朴感情。

我始终认为，老姑是个真诚的人。十几岁时，爸爸带着我去老姑家，教海英大姐扎纸亭子。一家人上集，老姑单独拉我到一个鞋摊，反复试了几双鞋。试好后，不问价格直接买下来，拿着鞋比我自己还高兴。

现在，老姑满脸的皱纹，背也驼了，头发白花花一片，说话颠三倒四，看着比实际年龄还要大很多。老姑说，之所以这样，是因为自己生了一辈子气，被气得没有人样，没气成精神病就不错了。一辈子劳动累一点，生活苦一点都不算什么，主要是没有一个好心情。

第五章 师心似水

大爷叫刘相明，1949年出生，是大爷爷的独子，从小在学校读书，然后当了一辈子小学老师。耕耘在三尺讲台，奉献于园丁事业，大爷一生无怨无悔，没有学校生活，就没有精神寄托，退休是失落的开始，这是农村文明人的无奈。农村的粗野和俗气有时无法与现代文明调和，农村中的文明人在调和中败下阵来，大爷只能流连耍钱场。农村是一种生活方式，学校位于农村，却不能完全地融入农村。大爷来自农村，终究要回归农村。

上学及爱好

大爷的小名叫七斤，因为出生时正好这个斤数。

从老院子搬到新家那年，大爷八岁。那年秋天，临近的新房身成立教学点，派来一位姓董的老师。大爷到了上学年龄，没有正式名字，家里人识字不多，专门请老师帮忙起个名。

董老师大个、团脸，梳着背头，挺文雅。给大爷取名刘相明，大爷在新房身念了三年。那会儿学生有大有小，最大的同学已经二十来岁。

四年级时，烧锅营子大队在横道子成立中心完小，大爷就去那里上学。正好是三年困难时期，家里确实供不起。一本语文、一本数学、几根铅笔，只要几毛钱那都买不起，大爷上了半年就停学，在家待了半年。

营子里有个叔伯大爷在横道子小学做民办教师，第二年开学时来到大爷家，问还上不上学。家里的情况有所缓和，大爷爷说那就去念吧，大爷拿几毛钱买了纸笔，又在四年级念了一年。

1963 年夏天，大爷考入土城子初中。营子里还有王忠志，加上大碾子村的一个同学，一共考上三个人。九月，王海牵着生产队的大青马，驮上行李送三人上学。到了学校，大爷被选进班委会，当过体育委员、劳动委员、卫生委员，因为大爷擅长田径，做体育委员的时间比较长。

这一年，喀喇沁旗举行全旗中学生运动会，大爷代表土城子中学参加，但不是主力队员。体育老师给报的项目是五千米长跑，让大爷每天坚持锻炼，来回六七里地，跑了几天。

大爷那年十四岁，个头也行，体质也好。旗运动会第一天上午，最后一项是男子五千米，大爷成绩不好，让第一名落了将近一圈，中午那顿饭根本吃不下去。

第二年又参加运动会，一共可以报三项，大爷自己报了一百米、二百米和铅球。中师班有个姓李的同学跑得相当快，体育老师让大爷跟他赛一赛，结果两人跑了个平手。

在全旗中学生运动会，大爷遇到一个又高又壮的竞争对手。预赛时，他是小组第一，大爷也是小组第一。最后阶段，大爷就琢磨着怎么跑过他，第一次抢跑没成功，第二次枪一响，大爷的腿就抬起来了，比那个人稍微快一点。最后大爷以 13.6 秒胜出，获得男子百米第一名。

大爷回家后接着练，整个秋天没闲着，成绩一下子达到

12.6 秒，正好符合国家一级运动员标准。学校一看大爷有短跑特长，层层往上报，发回一个一级运动员的章，章不大，里头印一个跑着的人。据说凭这个章可以参加国家级的运动会，大爷最终没有参加更高级别的运动会，这个章也没有发挥作用。

铅球项目上，大爷也获得全旗第一名，在学校里非常出名。大爷对篮球同样感兴趣，学校组织各班和各营子队员比赛，大爷没少参加，新房身、北营子，最远的梅林地都去过。

上学时，大爷一点压力都没有，白天正常上课，晚上抱着篮球去玩。学习没耽误，数学一点不感觉吃力，特别是几何，题越难越高兴。那年放暑假，大礼堂前出了一道高难度的数学题。大爷琢磨七八天，无论如何要做出答案，吃饭也想，干活也想，打篮球也想，最后还真想出了解答方法。

学校生活本来很艰苦，但在大爷印象中，却是相当的美好，到现在还向往学校生活，他时常回忆学生生涯，只是篮球、长跑、铅球等项目早就不练了。

大串联

读了三年初中，大爷准备报考中师、中专。后来经过多重考虑，还是选择念高中上大学。

没有想到的是，1966 年 5 月 16 日早上起来一看，学校贴满了大字报，到处是一些大叉子。毛主席第一张大字报“炮打司令部”影响了全国，土城子中学也不例外，一同卷入史无前例的“文化大革命”。

大爷属于高年级学生，被选为学生代表。有一天，一个班的学生组成小分队，去学校西边的商店扫黄扫封建，把雪花膏、扑克哗啦哗啦地弄出来一堆，点火烧毁。

大爷和几个同学不理解也看不惯，说这些东西不一定是黄色物品。龙袍比这些东西还封建，也可以让它为人民服务，比如把龙袍做成鞋底，让人们穿在脚下。几个人一起商量，说这样乱搞不行，要打电话，往哪儿打？往国务院打。后来还真打了电话，不知道是谁接的，没给什么答复，也没说出个所以然。

“文化大革命”越搞越激烈，打砸抢越闹越厉害。土城子中学改名叫工农兵中学，这个队那个队的成立了不少。毛主席已经接见几次红卫兵，鼓励全国大串联，大爷觉得应该上北京去看看，就和同学一起组织了工农兵中学红卫兵长征队，弄来一面红旗，刻了一个“工农兵中学指挥部”的公章，谁是队长，谁是联络员，分好工。

大爷觉得应该告诉父母一声，不能一声不吭就走。他回来跟大爷爷说，现在“文化大革命”已经波及全国，最热闹的是串联，我们青年学生是社会主义的接班人，不能在家待着，想上北京去串联。

大爷爷感觉大爷还小，万一在路上出事怎么办，说什么也不同意。

大爷最终还是去了，一方面想去北京看看是什么政治形势，一方面想接受毛主席的检阅。因为是长征队，所以队员们不坐车，一天走七八十里地，准备步行走到天安门。各地有红卫兵接待站，一个人提前去接待站联系吃住。

第一天在红卫兵接待站，吃的是烀山药。大爷觉得从来没有这么好吃的东西，其实和一般山药没什么两样，只是因为走得太累太饿。

走几天到了滦平，正好碰上一个从赤峰往北京拉煤的车，司机一看是红卫兵，把车停下探头询问。大爷骄傲地回答：“我们是内蒙古的一个红卫兵长征队，毛主席接见红卫兵，红卫兵们也想见伟大领袖。”

司机说：“毛主席准备在明天，也就是 11 月 3 号第六次接见红卫兵。从滦平到北京还有三四百里地，这次你们赶不上，只能赶下次。但是下次接见不接见还两说，你们坐上车，我马不停蹄把你们拉到北京，明天你们有机会接受检阅。”那人说得挺好也挺明白。

有些同学还不太乐意，觉得长征刚刚开始就坐车，决心哪儿去了，意志这么快就消退，仍然坚持步行。大爷和几个人不同意，说谁都不知道还有没有下次接见，要是赶不上就白来了，既然人家师傅同意，最好坐车去北京。

一番争论后，大家上了车，到北京天都黑了，街上的灯亮起来。司机直接把红卫兵送到密云水库附近的接待站，安排好住处。

从接待站到天安门挺远，好几十里地。红卫兵们吃了点饭也没休息，编成连队连夜走着去天安门。等到了天安门东礼台，天已经大亮。长安街上挤满了人，内蒙古等边疆地区来的红卫兵受到优待，被安排在距离天安门近一些的区域。举目皆是耸动的人头，睁大眼睛盯着天安门城楼。

大概十点钟，毛主席、周总理等国家领导人出现在天安门城楼。毛主席一挥手，下面沸腾起来，山呼海啸般喊起口号。大爷在金水桥边，正对着天安门，非常清楚地看到毛主席，激动得热血直往上涌。这一天不知不觉过去，很快天就黑了。

从九点多钟到六点多钟，毛主席站了近十个小时。周总理在大喇叭上说："广大的红卫兵小将们，毛主席已经站了一天，实在太累，应该休息了，以后党中央、国务院还会安排接见。"

最后周总理起了一个头，唱起"大海航行靠舵手"，欢送伟大领袖，大家一唱就散了。大爷和很多红卫兵被安排到太平庄，在那住了将近一个月，参加完第七次和第八次接见，第七次还是在天安门广场，第八次在北京西郊机场。这几次人太多了，多到什么程度，如果一个红卫兵被冲散，很难再回到自己的队伍，十几米的距离要半个小时才能通过。

内蒙古来的红卫兵被安排到距离毛主席较近一点的位置，所以大爷每次看得都很清楚。

第八次接见结束后，大爷和很多红卫兵一起往回走，路过太平庄的一个桥，桥面不太宽，人山人海把桥堵得水泄不通。最后挤到什么程度，铁栏杆被挤断，很多人掉到桥下，桥上桥下堆着被挤掉的鞋和帽子。

有个聪明人想出办法，五六个人抬着一个人，说这个红卫兵有病，要赶紧去医院，人们就让开一条道让他们过去。大爷比较老实，没敢挤着过，就一直这么等着，后半夜才回到接待站。

教书一辈子

1967 年，国务院号召各校学生边上课边闹革命，学生们以后再没有学到多少知识。第二年 6 月 20 号，学校举行高中毕业典礼，大部分学生回到本村。大爷结束学生生涯，在生产队参加了两个多月劳动。

9 月，本村小学公办教师到总校搞 108 天大会战，批斗一部分思想有问题的教师，学校不能停课，老师人数又不够，需要几个代课教师。大队召开生产队长会议，生产队长在会上推荐大爷到村里担任代课教师，村里表示同意。

散会之后，生产队长回来告诉大爷，家里人很高兴。大爷第二天去学校上班，一干就是 42 年。当时民办教师的待遇是挣本村工分，生产队一天计几分，代课老师就是几分。生产队每个劳动日 10 工分，代课老师最多得 3000 分，一个工分三四分钱，一年的劳动换九十多块钱。后来生产队日值少到只有五分钱，三百个劳动日换十五块钱。

大队到各生产队去缴款，款收上来给老师补一点，收不上来拉倒，到秋天补点口粮。大队年终给一把白条子，说是各家各户上缴款的白条，没有现钱，只能打白条。

大爷只好拿着到各家各户，说："你的款交不上，用老师的工资垫上，能不能把白条兑回去。"有钱的办事人一看，白条子上是多少就给多少，很多要不上来。大爷现在手里还有一堆白条，没有兑换成钱。

虽然工资不高，大爷从来没有动摇对教育事业的热爱，也从来没有放弃教书育人的信念。村里要选一名电影放映员，找大爷商量，想让他去学习放映。大爷觉得当民办教师已经十多年，干得还不错，父母岁数越来越大，也不喜欢放映电影，就跟他们说另请别人吧。

1972 年，公社组织工宣队，村里又找到大爷，鼓励去参加，大爷还是没去。

除了教书，当老师的还要积极参加社会和村里的事。1975 年腊月大会战，旗领导说红旗不下山，教师全部停课去参加。腊月二十九这天，把教师组织到西南坡，谁都不能回家。

腊月三十那天，大会战的大部队开到孟家营子东山坡，人们还在劳动，中午都不吃饭，下午两三点钟才散。回来一看，谁家都没敢贴对联，根本没一点过年意思。天快黑时，人们才把对联粘上，好歹有点新年气息。

1975 年前后，教育形势紧迫起来，教师每天晚上要去学校备两个小时的课，九点来钟才回来。大爷胆子小，没办法，到铁匠炉打了一个铁枪头，安上一个锄杠，早上六点天还没有亮，就要起身上班，晚上下班时拿着给自己壮胆。

有一天，大爷走在学校墙东，大喇叭忽然响了，放着哀乐。大爷当时就想是哪个中央领导去世了，一听是周恩来，真是晴天霹雳，那天正好是1月8号，印象非常深刻。

1985年，国务院发了通知，规定国家每月给民办教师发十块钱左右的补贴，最少时也有7.5元。大爷的生活有所改善，家里添置了一些生活物品。我的小学班主任刘占国攒了一年多，买了一块120块钱的上海牌手表。后来国家逐年补贴，增加民办教师工资，最高达到一年140块钱。

1992年，大爷参加牛家营子总校的教学能手比赛，获得总校级别数学学科的教学能手称号。1993年，大爷担任烧锅营子小学教导主任，校长是同村的梁军，那年学校成绩特别突出，被评为总校级别的教学先进单位。

1995年，大爷加入中国共产党，总校又把他调到牛家营子小学任教导主任，校长是冯志春。牛家营子小学不好待，很多老师和大大小小的领导有亲属关系。校长的姑娘、书记的儿子、镇长的小舅子一大堆，处事非常难，高了也不是，低了也不是。

认真点容易得罪人，怕和领导处不好关系，松一点教学质量又上不去，对本人也不好，那几年大爷没少为难。五年工作中，从全镇的教学水平来看算是中等，大爷跟老师们处

大爷 20 世纪 80 年代工作时与学生合影

得也比较好，没有出现大的冲突。

1999 年，大爷通过考试，由民办教师转为公办教师，请领导和老同事们吃了一顿饭。那时工资低，五百多块钱，后来才慢慢涨上去。2000 年，大爷转回烧锅营子小学。2008 年，大爷又调到大碾子小学任教一年，2009 年正式退休。

大爷步入教师行列已经四十多个年头，曾经连续五年被评为旗级的教育工作者。除了正常教学外，还被选入领导班子，参加学校的行政事务。

总之，大爷这辈子奉献给了教育事业，以前工资低，还时常拖欠，现在一个月四五千，也算老来有福，有付出有回报。

婚姻家庭

大爷是独子，又上过学，年轻时有人张罗着说媒，看了不少都没成。22 岁那年，经过媒人介绍，认识了大娘，终于在五月十六订了婚，准备三个月后结婚。当时家庭困难，备酒席不容易。

乡亲邻里跟大爷爷商量，说：“你就这一个儿子，咱们大伙喝点喜酒庆贺一下。”家里养着几只小羊，于是杀了一只羊，再从园子里薅点青菜。村里人说还得喝点酒，商店里只有散白酒，没有成瓶的酒，更没有啤酒。有个叔伯姑父向别人借了两大琉璃瓶子的散装白酒，大概六斤多。后来又在商店里打了点散装白酒，准备结婚那天用。

几个村里人说不能空手去喝酒，一个人开始敛钱，一户六毛钱，集资买了一对画镜。亲戚们买点东西，也来喝喜酒。学校的老师们买了一个小闹钟和一个铁皮轧的毛主席画像。那会儿还没有收礼的习俗，乡亲邻里吃顿饭喝点酒，不像现在这么铺张浪费。

结婚第二年，大爷有了一个儿子，取名刘兴民，也就是我大哥，隔了几年又生了一个女儿和一个儿子。

大哥小时候不愿意上学，大爷非常生气，揍了他一顿，大奶奶一看打孩子挺心疼，背着大哥送到新房身小学念了二年。大哥一上学就喊头疼，还是不想念书，大爷偶尔训几句。大爷爷疼大孙子，说不愿意念就不念，在家里跟着爷爷干活吧。大哥愿意干活，十一二岁跟着大爷爷上山，扶犁杖、溜粪、打场什么都会。

等到了二十来岁，有介绍人来说媒，结果这也不中那也不中。营子里有户邻居，距离大爷家几步远，家里有个姑娘，从小和大哥一起玩，也算青梅竹马。两个人很有感情，拖拖拉拉八九年，最后也没成。

据大爷讲，原因也是多方面，一方面有人干预这个事，一方面大哥不善言辞，老实木讷。后来姑娘远嫁他乡，事情彻底黄了。

有一回，大爷碰见张西故营子的一个朋友，两个人闲聊起来。那个人要给大哥介绍对象，大爷说那可求之不得，在家喝了顿酒。过了两天真给介绍一个，媒人先领着大爷和四叔去看。姑娘家挺偏僻，不到营子看不到人家，只能骑自行车。

营子西头还有一个大坡，大爷骑自行车带着媒人，下坡时刹车没刹住，连人带车摔出去。四叔在后头跟着骑，一下子也摔出老远。

大爷起来后，赶紧招呼四叔，四叔摔得不轻，半天才喘上一口气。大爷说："今天事不顺，要不拉倒吧。"四叔不同意，说没摔多严重，都来到营子了，还要接着看对象。

介绍人也说，人没伤着，车子也没摔坏，还是应该去看看。到了营子，把姑娘叫来，双方一看也没什么毛病，也没什么反对意见，基本定下来。

当时提出的条件是要台黑白电视，不是现在的彩电。家里经济条件挺紧张，说可以把家里的旧电视给新媳妇。结果差一台新电视，这门亲事没成。

过了一段时间，又有人给介绍对象，姑娘家在驼店乡。大爷和二大爷一看人家条件不高，就把亲事定了下来。张罗着结婚时，家里经济条件好了一点，一些老邻旧居，还有学校的一部分老师都来喝喜酒。过了不久，大哥和大嫂子就生了一个女儿，后来又添了一个儿子。

大爷有个女儿，排行老二，也就是我的大姐，小名庆华。庆华这个名字有来历，因为她出生时刚到 10 月 1 日，意思就是庆祝国庆节。当时有一个规定，每年人口出生以 10 月 1 日 0 点为界限，之前出生的到秋天能得到口粮，之后出生的到秋天没有口粮。

大爷是实心人，跟生产队领导说了实话。生产队队长和会计说："你们这个姑娘是 1 日生的，不是 1 日以前的，得不着口粮。"要说每人每年口粮 380 斤不多，但得到了一年的日子很宽裕，得不到就很紧张。大爷又找了几次队长和会计，请亲戚也没办成，380 斤粮食一粒没得着。

大姐从小上学，没考上高中，在家里干活。我上小学时，放了学经常去大爷家找大姐玩，看着她忙着择菜、烧火、做饭。

烧火时，我和大姐玩一盘“五福”的游戏，正方形的横竖各画五道，一人占一次交叉点，成某种图形时可以去掉对方一颗，看谁最终胜利。每次都是玩过一两盘，大姐把水烧开，我背着小书包也就回了家。

大姐 26 岁时，邻居介绍了一个对象。第一次看这个男孩，感觉身子单薄点，个子不高，当然大姐个子也不算高。那边只有一个婆婆，没有闲气生，就这样定下亲事。

大姐结婚时有八辆婚车，办得挺隆重挺风光。大姐结婚离开娘家，我也一直在外边上学，一年就见上那么几面，但是每次见面都比较亲切。现在，大姐的孩子都已经 18 岁，在锦山中学实验班读书。

二哥的婚事最复杂也最揪心，结婚后麻烦一个接一个。二哥和二嫂子生了一个小丫头，这小丫头睡不好觉，大人挺着急，觉得是不是四六风那类病。孩子还没出满月，病得厉害，大爷和大娘两个人抱着孩子上赤峰卫校附属医院，初步诊断是肺炎。

住了几天院，打打针消消炎，孩子的疾病缓解不少，大夫说还得坚持两天。大爷和大娘两个人在医院里过了年，医院护士照顾得挺好，遵从过年的风俗给各病房免费送饺子。正月初八，孩子正式出院，一来二去到了五岁，再没闹什么毛病。

大爷大娘订婚留影

二嫂子有两个哥哥和一个弟弟，经常晚上开着车来。大爷就琢磨着他们为什么白天不敢来，心里有疑问，但没说出来。这些人晚上来了，大娘还得起来做饭。从老一辈数下来，家里都是些老实巴交的人，和这些人根本就合不来，家庭矛盾越来越严重。

市公安局的刑警开车来家里盘问，那几个人来过吗？大爷说没来过。人家不相信，前院后院地搜个底儿朝天。临走时，刑警问：“儿媳妇过日子吗？”大爷不明白什么意思，说也干活。

刑警说了详情，原来二嫂子的几个兄弟犯了几个刑事案件，大爷一听很惊讶。公安局的车几次停在家门口，让老邻旧居看到，大爷感觉很不光彩，几十年老师的脸面全被丢光。

后来，二嫂子的二哥被抓住判了死刑。执行枪决那天，我二哥还去了，行刑现场在赤峰桥北一个树林子里头，有很多公安局的便衣，一是枪毙她这个哥哥，二是抓她大哥和叔伯三哥，结果他们没到场。

这次事情后，二嫂子时常往娘家跑，一回好长时间，家庭矛盾越来越激烈。最后一次，二哥和二嫂子打了一架，二嫂子彻底回到娘家。大爷找人叫了六次，每次都没成功。

那个时候，大爷的教师工资已经涨到很多，二嫂子明确说要保管工资折，二哥非常不满，大爷也不理解这类奇怪的想法。还有乱七八糟的其他事情，裂痕无法平复，以至于二哥不得不用一纸诉状解除了婚姻。

牛家营子法庭开庭，二嫂子的一个哥哥和嫂子去了。她哥哥见着大爷就说了一句“来啦”，别的什么也没讲。大爷当时有思想准备，如果他哥哥主动上前说几句话，就直接撤诉，一切还有缓和的余地。但她哥哥、嫂子面无表情，没有上前，老是抻着劲。

法官说：“你们家这也没什么事，调解调解回家算了。”这个时候，二哥一改往日的木讷和唯唯诺诺，意志表现得相当坚定，说什么也不同意调解，定要离婚。

最后，孩子归女方，男方每月给一百块钱抚养费，二哥的第一段婚姻就这样终结。二哥离婚后心情郁闷，加上想孩子，差点得了抑郁症，去他乡打了几个月的工。

生活总是要继续，过去的悲伤终究会被时间洗淡，大爷又给二哥张罗着谈对象，于是有了第二段婚姻。我第一次见到新的二嫂子，总感觉似曾相识，好像和谁很像，又在哪里见过。有一次，二嫂子问我，是不是经常去锦山中学门前的书店看书。我突然想起来，原来二嫂子是书屋老板的妹妹，我常年在书店看书，见过几次。

世界真是太小，哪里都可能碰见熟人。

现在，二哥生活舒心，又有了一儿一女，生活累点也不算什么。

农村的文明人

自从1968年高中毕业，营子里大事小情，红白喜事，写写算算，大爷尽量参与。只要村里人求到，没少帮忙。最热闹的事是每年春节给全营子写对联，大爷会写上三四天，耗费一百多张红纸，一直到市场上有出售的对联才不写了。

营子人眼中，大爷每天骑着自行车，收拾得干净利落，到学校去上班，是上过学的文明人，和普通农民不太一样。营子里五十岁以下的人，基本都被大爷教过，这更增加了尊敬感。大爷也非常注意言行举止，说话温文尔雅，慢条斯理，从来不厉声疾色，粗言粗语。

大爷原来有辆大二八自行车，每天回到家后擦拭干净，骑了十几年还像新的一样。小时候，我走着去上小学，偶尔会碰见。大爷总是停下车，抱我到车子前面的横梁上。记得印象最深的是，我说从学校回来。大爷还纠正，不要说从学校回来，“从”不是书面语。

从这也可以看出，大爷带有读书人的习气，是社会底层的文明人。

提起老辈子的缺点，大爷说一是愚蠢，二是见钱动心，这两点最不可取，还举了几个例子。

有一天，刘发、刘青和三爷爷的三个叔伯兄弟在营子东头聊天。不知道从哪里来个人，说自己是山东的，到营子找个人，是老朋友，姓李，叫李什么什么，记不清了。哥三个和他聊起来，说对对对，有这么个人，是李中和吧？那个人说，就是他。哥三个问找他干什么呢？他说有点事，让告诉李中和在哪儿住。

哥仨一听有事，就打听是什么事。这个人就说在西荒老贾家扛长活，前几天起圈，起出来一个这么大的白的麻麻索索的，不那么光滑，也不知道是什么东西。哥三个说那不是元宝吗，就问他这个东西怎么着了？来人说自己偷着藏起来，但是弄不出来，想着让朋友李中和把东西取出来，寄放在他那儿。

哥三个一听，说："你找他干啥，咱们这一见面说话都挺好的，看你也是个实在人，我们帮你这个忙不行吗？"这个人说："那咱们弄不动，得想个办法。"哥三个说没事："我们家有毛驴，咱们用毛驴给它驮回来。"于是牵着大毛驴，拿着几个口袋就跟着他上了西荒。

到了老贾家，人家也没让进，那个人跟哥三个说："我牵着毛驴进去把东西弄出来。你们在这等着，在外边打接应，墙下站一个，那个墙下站一个，门口守一个，人多走漏了风声可不行。哥三个看着那个人牵着毛驴进了院，就在外边等着，等来等去没出来。最后，元宝没拿到，那人早就牵着毛驴从偏门溜走了。

愚蠢加见财起意，这是大爷对老一辈的总结，常说后辈应该引以为戒。

大爷一辈子安分守己，既不愚蠢，也不见钱动心，辛辛苦苦教了一辈子书，从来不这山望着那山高。和大爷一样干民办教师的人不少，因为钱不多，现钱拿得更少，很多人半路都辞职。

出外打工，包工包活，没少赚钱，但是辉煌仅仅是一段时间。大爷从来不贪恋高收入，坚守自己的教师本职，终于熬到工资慢慢调高，现在一个月能拿四千多块钱。

以前唱戏人讲，看见人家骑马我骑个驴，后面还有一个推小车的汉，比上不足比下有余。大爷不求大富大贵，只求安稳平顺，比之下等犹有余，比之上等犹有不足。不冒尖，也不占尖，过好自己的小日子，踏实地干好本职工作。从来不掺和家长里短和是是非非，每天琢磨着把学生教好。

大爷有时候也说，当一辈子老师、哄一辈子孩子也没有多少意思，自己的孩子不愿意读书不是什么坏事，或许干得太久才有这个感慨。

学校是个小社会，也是一个小的社交群体，大爷习惯了多年的学校生活，退休后反而找不到精神寄托。地里的活也能干，忙起来可以疏解一下；闲下来却很难受，没有了朝九晚五的工作节奏，没有了一群孩子在身边围着转，如何打发空闲时间是个问题。

于是，大爷回归到了农村的传统消遣方式。想一想也难怪，农村除了看电视唱二人转就是耍钱，没有其他娱乐方式。这是农村文明人的失落，无法消磨大把时光，只好在打牌赌博中求得生活的惬意。大爷对耍钱也确实不在行，仅仅是玩一下而已，输得多赢得少。

很多人都愿意和大爷一起玩，因为不欠账不赊账不耍赖，明明白白利利索索，不会因为输点钱面红耳赤，更不会因为几句口角大打出手。不管输赢，大爷总是那么淡定，桌上放着崭新的人民币。

大爷是个有节制的人，时间可以靠得很久，钱不会输得太多，玩起来也不深陷其中，输点钱就完事，不会一次又一次地往上押钱。大爷心里可能想，自己干了一辈子挣来的钱，出去玩玩没有什么。

家里人有时也会劝一下，可是也劝不住。家里人知道大爷有时输了钱，也会着急，可是也没有办法。一到闲下来时，大爷还是会到耍钱场，那里人多，可以消磨时间，也可以图个乐儿。

农村的物质生活已经不再贫瘠，精神生活和娱乐方式反而退步很多，这是恐怕农村文明人回归农村后的尴尬。

第六章　不可欺人

二大爷叫刘相军，是爷爷家中长子，个子不高，但很有威严，早早承担起家里的重担，勤勤恳恳种地、养牛、养猪。二大爷年轻时在营子里是个头面人物，组织分队，当了多年的队长。被告多年，认为法院前期判决不公，开始了漫长的打官司和上访之路。最终洗脱污名，但鬓已苍、人已老。

穷苦少年

二大爷刚出生时，爷爷、奶奶和大爷爷、大奶奶一看生个大胖小子，特高兴。家人赶紧拿秤来量，正好九斤，于是取名九斤。其实那时穷，生的孩子多半裹着被子称量，取个吉利数字作乳名。

平时没什么玩具，也没有什么好衣服。夏天，爷爷买二尺白布，用植物染料染色。冬天，奶奶再用染料一染，做个棉袄棉裤穿上。孩子们有时穿大人的旧衣服，大小不合适，跑起来兜风，整天盼着过年过节，可以吃点好的，穿点好的，放鞭炮热闹点。

最难忘的事是，我爷爷去赤峰火车站卖干草，晚上回到家。爷爷吆喝着二大爷和老姑的小名，说起来吧，买回几个烧饼，一人吃一个。二大爷正在睡梦中，一骨碌身爬起来，狼吞虎咽吃个烧饼，觉得挺幸福。

小时候有很多伙伴，般儿上般儿下的小孩很多，有个叫虎带的小孩特会说笑话。有一次，小伙伴们抬着挑筐到南边大沟捡柴火。虎带说："给你们说几个笑话吧。"一说一天，小伙伴们围在一起听得入了神。

一看太阳快落山，柴火也没捡到，回去肯定挨大人训斥，孩子都不敢回家。虎带说："有法儿，别着急，上我二姐夫家墙外去刨树疙瘩，那里的树疙瘩好刨，在沟沿子上长着，根都露在外面。"虎带领着大家就去刨树疙瘩，一人装好一筐，正要往回走。

不巧让虎带二姐夫看见了，说啥也不让，把大人都找来。爷爷和奶奶正在地里干活，赶紧跑过来说好话，又堆了一沟树叶子，家长纷纷赔不是。虎带二姐夫还是不让，说必须给恢复原样，这些树疙瘩可以挡水，没有树疙瘩，以后发洪水怎么办？爷爷又把二大爷好个训斥，旁边的家长也把自家小孩骂一顿。

国家经常搞运动，大人小孩不能闲着。1958 年，中共中央、国务院发出《关于除四害讲卫生的指示》，开展除四害运动，在农村抓麻雀，俗称"抓家雀"。小孩打锣，大人们四处追，还有放洋炮的，不让麻雀落下，要把麻雀活活累死。

运动期间，谁家都要参与。一群人追麻雀，饭口时到谁家门前，谁家就弄口干粮吃，大家为了省事都摊煎饼，吃得太多都吃伤了。麻雀没累什么样，还是飞来飞去，大人们倒是累瘫不少，小孩子当乐景四处跑。

成立食堂后，余粮全部上交。各级领导挨家挨户查，谁家有一点粮食，就不让上食堂吃饭。谁家都吃不饱，都私藏粮食，趁着晚上天黑做点吃。

有一天，奶奶上小磨磨了一把棒子，熬了点儿粥，把孩子叫起来。二大爷和老姑一听有吃的，赶紧爬起来。二大爷现在回想起来还说，那个粥还有囫囵棒子粒，喝着太香啦。

因为太穷，二大爷还吃过糠炒面，说是面，其实是糠。人吃多了拉不出屎，嗷嗷乱叫，实在拉不出来，用手抠，用铁丝挖，疼得人龇牙咧嘴，鬼哭狼嚎。

那时臭虫也多，一到秋天，臭虫满屋爬，大晚上没法儿睡觉，只好在炕上洒一圈秸秆烧过的灰，用鸡蛋从中间滚出一个槽，臭虫爬进沟再也爬不出来。豆角叶能粘住臭虫，有时还摘豆角叶放在门口、窗户和墙上。

家里烧不起煤，冬天只能用火盆烤火。大奶奶会烧火盆，挖回红土掺上猪毛，配制好和成泥。把瓦盆倒扣过来，均匀涂上一层红土泥，烧完放在那里，过几天干透就算做好。冬天，火盆下面铺上高粱帽，把灶火里没有烧完的柴火扒拉出来，放在高粱帽上。一家人围着火盆烤火，冒烟咕咚地，就那么受着。

童年的回忆有苦也有乐，也很短暂。转眼间二大爷到了八岁，老师去了爷爷家，说孩子老大不小，该上学了。于是，二大爷去新房身上小学。老姑是女儿，爷爷奶奶本来不想让她上学，觉得女孩子读书没什么用，又怕二大爷在学校受欺负，于是让大两岁的老姑跟着上学，起到保镖的作用。

学校科目只有语文和数学，两个老师是同村横道子的家。整个社会很穷，学校设施也不好。冬天教室里有炉子，木头框围在最外边，找坯接上，中间生煤。煤是硬煤，也叫炉子煤，从永峰公社拉过来。缺少烟囱没法儿往外倒烟，就这么烟熏火燎地上课。后来学校搬到了横道子，距离家有几里。

家里只有爷爷一个壮劳动力，满天星斗跟着上山，看不清地里的庄稼。怕把苗铲掉，一群人在地头等到天亮。中午也不下山，食堂的大师傅把饭送到山上，这样干也吃不饱饭。食堂给两个菜窝窝，一人一碗粥。

两个菜窝窝舍不得吃，爷爷饿着肚子拿回来，给二大爷一个，老姑一个，拿着明天上学。中午喝点凉水，吃着窝窝头，连掉在桌子上的菜渣渣都捡起来。二大爷回忆，那时吃窝窝头比现在吃饺子还香。

有一天中午快要下大雨，老师怕发洪水，学生过不去河，提前放学。二大爷、老姑和营子里几个学生背起书包往家跑，跑到西边大沟，正赶上水头。好歹过了大沟，二大爷还把窝窝头弄丢了，回到家里大哭一场。

平时上学，二大爷和小伙伴在张西故营子西面的圣佛庙前集合，然后开跑，一直跑到学校，几里路不停歇。同学在学校也打架，还分派，一派是家在烧锅营子的，一派是家在下水地的。后来越打越热闹，两派从家里拿来锣和鼓，一下课就敲锣打鼓地干上，所幸没大伤亡。

一年入冬，学校老师通知说，每个学生交两元钱取暖费，交不上不让上学。二大爷和老姑交不起，第二天被撵出教室，让回家拿取暖费。家里也没钱，爷爷赶紧和两个邻居各挑一百斤干草去赤峰火车站卖，来回四十多公里，卖了几块钱，才交上这个取暖费。

1964 年，四清工作队入驻各村。驻在孟家营子的队长姓冯，开展工作挺不顺利，看爷爷和大爷爷老实厚道，经常来了解情况。大爷爷和爷爷没少帮他。

小学是六年一贯制，毕业时班里一共 46 个学生，只有一个学生考上初中。那个女生姓王，据说她爸爸是土城子中学的校长，提前把题告诉她。二大爷没考上，看家里弟弟也小，缺少壮劳动力，不想念了。爷爷不同意，说只有读书才有出头之日，在家劳动没前途。

于是，二大爷到了牛家营子农业中学读书。半工半读，半天劳动半天学习，学的知识不多，干的活倒不少，经常参加大会战；平时吃不饱，劳动课间隙上树撸榆树钱，没油就搁点咸盐，找饭盒煮着吃。

上镇政府去打乒乓球时，二大爷还碰到冯队长，冯队长在食堂拿个小馒头，给了他。后来成家立业，二大爷有事情到赤峰北部旗县，听说冯队长当了林西的农行行长，还去找过他，但是没找着。

成　家

二大爷回到家，正式参加劳动。那时是人民公社，吃大锅饭，普通社员干一年挣两千多工分。一个劳动日有时合两角钱，有时合几分钱。一年干下来，落下几十块钱。

有一年生产队盖青年点，给下乡知青住。瓦匠、木匠属匠人，每天十五个工分，比一般社员多五个。二大爷没学过木匠，也买了一把刀具和锛子，托亲戚去帮忙盖房，每天多赚五个工分。看别人怎么干，自己学个大概。

冬天，爷爷琢磨着养点牲畜，改善家里的生活条件，让二大爷去奶奶娘家的南荒公社买羊。爷爷在院子靠墙的地方刨了一趟宽宽的沟，边上用棒子秸做成栅栏，掺点土泼上水，做好了羊圈。

二大爷买了两头母羊，是母女俩。羊有倔脾气，怎么拉也不行。废了半天劲，也没赶出多远，二大爷没办法，又把羊牵回去，自己走回来。到家刚端上碗吃饭，一看太姥爷怎么进院了，还赶着买来的两头羊。

两只羊各生了一只小羊羔，家里人能喝点羊奶。第二年秋天杀羊时，两只大羊胖嘟嘟的，家里人吃上了羊肉，还卖一点钱。

干了几年，一看家里还很困难，二大爷想出去学个手艺，找到营子里姓张的乡亲，那人是个皮匠，收拾动物皮毛。秋天割地时，俩人偷着跑出去熟皮子，走村串镇，托亲戚找业务。好景不长，队长知道后再也不让出去。二大爷皮匠没学成，还在队里参加劳动。

后来，二大爷想干瓦匠，找上新房身的叔伯姑父。叔伯姑父帮忙联系了师傅，几个是新房身的，几个是外地的，带着二大爷去了北部旗县，给一个旗盖防疫站。几个师傅都是农村的土专家，以前盖土房还行，现在盖砖瓦房，连砖都不会错开垒。

手忙脚乱忙活了几个月，总算把房子盖上，瓦匠又不会装修。正好有一个棚匠，他干过这活，一个人教给大家，才勉强装修完。几个人盘算着达不到标准，交不了工怎么办。正好防疫站是个新处长，转悠一圈说，土专家干这样已经不错，一句话交了工。几个人后来又包活，干了几处小工程。

大工五块钱一天，小工两块五。二大爷边学边干，算是小工，半年挣了三百来块钱，没让生产队知道，也没上交，生产队领导睁一只眼闭一只眼。后来土城子修军用飞机场，老姑也去干活，一天挣一块三毛四，交给小队和大队一共八毛，自己剩下五毛四。

1972年，二大爷22岁。爷爷说："咱家兄弟多，你得成个家，你不成家，以后几个弟弟不好找媳妇。"就赶紧托介绍人说媒，去本镇团结大队窑头沟门相亲。二娘没上过学，一直在家参加劳动，家里比爷爷家还穷，小孩多，三个兄弟一个小妹。那时人守旧，见面那天没说话，也没敢正眼看一眼，稀里糊涂定了亲。

腊月二十结婚，俩人住在西屋。第二年春天，不到化冻的时候，二大爷又跟着新房身的师傅打了一次工，把结婚借的钱还上。二大爷有孩子后，在家和爷爷一起种地。二娘看孩子，有一次吃饭时和奶奶闹起来。二大爷下地搂二娘几个嘴巴，爷爷也发火，要从西屋刨出一扇门，以后各走各门各过各家。

虽然过一阵矛盾缓和下来，但分家的态势不可避免。爷爷鉴于以后家里还有几个孩子要成家，常说"掐死虱子救虮子"，意思是赶紧让二大爷分家单过，自己受点苦，以后好方便弟弟们结婚。

秋收刚完事，爷爷明确说："咱们得分家盖房子，你找小队批个房身地。"二大爷赶紧请小队队长和会计，吃也吃了喝也喝了，就是批不下来，又找大队书记，正好书记是远房的一个舅舅，也没出什么手续，就批下房身地。

已经过了霜降，二大爷赶紧找几个人，天还飘着雪，顶着雪打的墙。打完墙，二大爷和二娘开始编折子，编一冬天挣下二百块钱。

正月初二，二大爷接着琢磨盖房子。请木匠请不起，二大爷自己在炕上画图，然后砍木架，做梁柁、窗户和门。爷爷分家时给二十四块檩子两个柁，一个檩子不能用，还差五六块，柁也不够。钱太贵买不起，只好和营子里的人去锡伯河沿偷。寒冬腊月，把帮忙的人还冻坏了。

春暖花开，顶着雪打的墙开了裂。爷爷说，怎么着也得弄几块砖，尤其是四个角要用上，买不起就自己烧。营子里的人会扣坯子，队长和会计不让用人。二大爷只好自己扣坯子，又到窑头沟门找岳父，托人拉了一车煤和二十四个树疙瘩，请个师傅。

家里人帮忙凿好窑口装好窑，烧了一天一夜。敞窑一看全都傻了眼，砖是花花的，没烧成不能用。请的师傅原来没真正烧过窑，仅在窑口打过下手。爷爷、二大爷、二娘赶紧去新房身，借了叔伯姑父一车煤。又烧了一天一夜，敞开窑一看还是花花的，没烧成蓝色砖块。

反正比上次强点，就这样用吧。请亲戚邻居帮忙，连吃带喝花了二百元钱。等真正上扒封房顶时，实在没钱了。大爷爷过来说："刘相军，老的少的都给你帮忙了，打酒了吗？"二大爷说："没钱打，吃饭还不知道咋办呢。"

大爷爷直接说："我给你去打吧，总得给少的老的弄两盅。"于是打了十斤酒。有了酒还没有肉，二大爷又找刘相华大爷帮忙。大爷托牛家营子镇食品站主任，赊了五斤老母猪肉，一尺来厚的膘子。

盖上房子，没门没窗户也没院墙，二大爷和二娘带着孩子搬过来，就那么敞着住。二大爷白天去地里干活，留下二娘照顾孩子。邻居老马家有个男人疯了，时常犯病，黑天白天地乱跑，有时从屋前一阵风似地经过。二娘担心孩子被吓着，落下心跳心慌的病根。

生产队干活间隙，二大爷赶紧跑回来做门做窗户，画图纸、推刨子、钉木板。屋子里简单抹点泥，爷爷吊了一间纸顶棚，再糊上报纸，到了秋天才把门和窗户装上，不太符合规格，也用了好多年。

过了两年，二大爷请人垒了院墙。有个老头好心来告诉，说这个土墙打一圈不容易，再花点时间顺势抢上一层墙头帽，土墙可以二十年不变样，没有墙头帽十年都挺不过去。二大爷一听很有道理，赶紧抢上一层墙头帽。

当队长

当时还是走的人民公社道路，社员吃大锅饭，去集体地干活都是糊弄，出工不出力，地里的杂草长得特别旺。等到了自留地，每个人都撸起袖子加油干，一个杂草拔得都不剩，精耕细作，尽量多打点粮食。

整个生产队赶上好年，能打十二万来斤粮食，贱年能打六万来斤。交完公粮，社员连口粮都不够。毛泽东去世后，民心涣散，农村人也隐隐觉得原来那条路似乎错了。改革开放后，中央政策大调整，放弃以阶级斗争为纲，否定农业学大寨。

如何摆脱大锅饭和人民公社的束缚，成为一股潜流在农村涌动。

这个阶段中，孟家营子也出现大的波动。原来，孟家营子是一个生产队，经过十几年的集聚，人口翻了一番。因为各种各样的原因，老一辈人矛盾就很深。随着年轻一代的成长，前街和后街的矛盾非但没有弥合，反而有扩大的趋势。

社会急剧变革，社员对大锅饭越来越不满，都在寻找新的生存途径。既然人民公社暂时不能动，还是生产队的体制，那就努力把生产队拆分，尽量把合得来的社员聚在一起。大队和公社两级采取鼓励政策，一个生产队分成两个或三个。

二大爷和几个年轻人是前街的代表，后街也有几个精干的能人，老人们在后面支招儿，指导着如何多分点东西。两帮人开始分共有的土地、牲畜、财产和房子，没少斗智斗勇，争得激烈时，因为一个碌碡还动上手。

后街的人分队更积极，大爷爷和几个老头的意思是慢慢耗着，这样他们会主动做一些让步。二大爷太年轻，没有看透人事，中间因为一大块地没有争取过来，遭到大爷爷一顿训斥。其后和后队慢慢谈条件，东山根的地属于后街，前街的人也可以拉土，河沟河沿的土地提前说清归属。

1979 年正式分队，二大爷成为前队队长，开始十几年的队长生涯。前队当年打粮超过八万斤，交完公粮后的剩余比往年多。

孟家营子还和新房身原来共用一个变压器，新房身买了一个大变压器。小变压器卸下来，被人私自借给新房身一户姓任的。姓任的在营房开砖厂，砖厂正好用变压器。这是孟家营子的共有财产，没有小变压器用不上电，两个队一致对外，组织人要把变压器抢回来。

赶着大车去拉时，这个变压器已经在砖厂的台子卸下来。

二大爷家的树，上面还有几只小麻雀

姓任的欠人家供电所的钱，供电所拉走变压器，姓任的人说：“你们有能耐就去拉。”农民也不懂法，都说咱们的变压器借给他，他也承认，那咱们得拉回去。

一帮社员到供电所去拉，不让拉。社员也不懂法律，变压器被强行装上车。供电所向派出所报警，社员和派出所所长打到一块，强行把变压器拉回来。经过市公安局，又经过牛营派出所，又要抓人又要罚款。最后经镇政府调解，说拉回来也就拉回来了，就这么着吧，事情不了了之。

1982 年，二大爷主持解散生产队，各家各户以抓阄的形式完成改革。后队也是如此，没有发生大规模的械斗和哄抢。二大爷当了十几年队长，尽力带着大伙致富。孟家营子靠山根，水浇地少，想引水上山。和后队商量后，最后决定集资，借了四千元的贷款，再各家各户分摊，一口人摊70元钱。二大爷找人干活，后队队长管钱。

引水上山成功后，刚浇上几亩地，前后队和各种私人矛盾爆发，有人告了营子里的一堆人，说账目不清，二大爷成了被告。根本不明白什么叫证据，也不明白哪些证据能用，哪些证据不能用。牛家营子法院开庭，判决二大爷和几个人败诉，之后开始了一边上访一边打官司的艰难之路，上诉到中级人民法院，还是输了。

二大爷听完判决，一气之下带着仅有的五十块钱，家也不回就走了，花三十几块钱买张车票，到北京上访。饿了就在人家饭店要一口吃，四处打听哪里是政府机关。后来，镇政府派大队书记把二大爷接回来。

镇长姓马，真为老百姓办事，把二大爷叫去，问他为啥上访。二大爷说："别人说引水上山的钱让我花了，我没看见钱，我也没拿大家的钱，这个钱怎么让我花了呢？上我们营子借贷款的人有档案，我没签字我也不知道是谁领的，上农行去要这个底，姓朱的主任不给。官司输两次，一点都不服，一定要找个说理的地方，因为这个上的访。"

马振华说："要证据没问题，我给朱主任打电话，让他给你这个证据。"带着证据，二大爷又去呼和浩特上访。过了几个月，上级法院发回重审。镇长再次接见二大爷，说喀喇沁旗的法院不审，可以挑个其他旗县区的法院。

二大爷说："不知去哪挑法院，就知道法院是说理的地方。”镇长出主意说：“要不这样吧，去元宝山区法院审。”于是有了最后一次开庭，最终判决结果，连本带息八千多块钱，二大爷承担九百块钱，另一个被告承担两千几百块钱，原告承担绝大部分。

这个打官司和上访，耗费二大爷十来年的时光，队长也干不下去了。听家里人说，二大爷总觉得自己没拿钱，反而成了被告，心理不平衡。着了急，曾对家里的哥哥姐姐发脾气，“供你们上学，你们连个状纸都不会写，供你们读书有什么用。”

挣　钱

二大爷和二娘结婚一年多，就生了姐姐。爷爷奶奶头一回抱孙女非常高兴，虽然后来分了家，但对孙女孙子的感情没有变。其后，二大爷和二娘又有了两个儿子，儿女双全，干活更下苦力。

新房身的叔伯姑父以前和兄弟一起开铁匠炉，打铁农具卖钱。后来哥几个出现纠纷，无法再在一起打铁，分家后各自单干。叔伯姑父找到二大爷，帮忙进铁粉、拉硬煤，还到赤峰废品收购站，挑选能用的废铁，生产出农具卖到北部旗县。

去猴头沟煤矿拉煤正是冬天，二大爷第一次见到煤矿工人。煤矿是小作坊，工人都穿着单衣，从洞子里钻进去，前后各背一个筐，过很久才从洞口里佝偻着身子爬出来，一溜小跑把煤卸下，赶紧转身跑回去钻进洞口。

整个矿区除了矿长和会计，其他人都是一身黑，只有两点白眼珠和一排小白牙。

叔伯姑父想和二大爷搭伙，一起开铁匠炉赚钱，二大爷没那个勇气，害怕赔钱没答应。后来，叔伯姑父赚钱发了财，生活水准远远超出村子里的其他人。

据二大爷讲，自己确实没有那么好的经商头脑，下苦力干重活还行，一动算盘脑瓜不够用。一辈子很少做生意，印象最深的一次还是卖韭菜。

宫营子有个姨奶奶，在生产队当队长，来爷爷家走亲戚时，说起她那里盛产韭菜，才二分钱一斤。当时牛家营子镇的韭菜是一毛五一斤，这中间有很大的差额。大爷、二大爷和同村子的一个人想去倒卖点韭菜。

晚上吃完饭，三个人拿着借来的一杆秤，推着一个破车，连夜走到宫营子。买上四五百斤韭菜，第二天再赶回牛家营子集市。坑坑洼洼的路不好走，一走十来个小时。三个人到了集市还不会卖，弄得手忙脚乱。

那时，人们的思维守旧不开放，都不会做生意，整个营子连个秤都不好借。正好有个远房的舅舅赶集，说："三个大外甥，卖菜要对路，你们把前面苫上，一人从后面拿韭菜，一人收钱，一人看秤。"还指挥着演示一遍，三个人才弄明白怎么做买卖。

最后还剩下两捆韭菜，准备送给远房的舅舅，人家还没要。一共卖了三十几块钱，扣除本钱能分几块钱。二大爷回去路上拿着钱，说刚才有个人没付钱，说好去他家拿。取完钱赶紧追大爷，匆忙之中把装钱的小包裹弄丢了。

等追上才发现钱没了，赶紧回去找，恰好被队长捡到，还死不承认，旁边有人作证都不认账。二大爷跟在他屁股后面半年多，队长才用队里的钱把这个窟窿堵上。

改革开放尤其是推行联产承包责任制后，农村实现温饱，逐渐繁荣起来。除了种地，二大爷也琢磨着干点副业，于是和营子里的几个人一起去扎鲁特旗牧区，买回几头牛。赶回家乡后，分好堆抓阄，二大爷抓到四头，其中一个黄白花，带个牛犊。

本想养牛发财致富，不懂科学养殖法，家里的条件也不具备，只能圈养。给牛喂驴吃的干草，开始还吃一点，慢慢就不吃了，也不长膘。平时牵出去吃点青草，牛的胃口太大不解劲。几头牛死的死，病的病，卖的卖，没赚到什么钱。

二大爷还曾养过猪，剁点青草和青菜，掺点棒子面。还专门搭了一个猪圈，抹上水泥盖上棚，分出生活区和排泄区。猪下了几次崽，卖出去赚一些钱。后来还养过种猪，专门给其他猪配种，配一次收一些钱。

家里有了余钱，二大爷开始装修房子。那一年姐姐哥哥十几岁，放假时帮着干活，绑吊房顶用的秸秆还得手把手教。西屋重新搭上炕，墙涂上白灰，地也打上水泥。后来，二大爷家还买了缝纫机和黑白电视，据二大爷自己讲，最爱看的电视节目是动物世界、新闻联播和拳击。

二大爷又从水泉砖厂拉回几万块钱砖，盖上西厢房和门房，存放粮食，单独收拾出来一个屋做驴棚。又从新房身的叔伯姑父那里拉来一些小瓦，在院子里垒一排花墙，弄了个菜园。院墙重新用砖垒上，厕所也翻修一新，用水泥抹上四边。

养　家

家里的生活缓过来，二大爷和二娘一门心思供三个孩子读书，并且提前说好，孩子都要上学，考高中考大学家里都供，但不能蹲级留级，考上就供，考不上就回家干活。

二大爷家的姐姐叫刘伟红，没考上大学，托大爷的关系，在烧锅营子小学当了几年临时老师，还教过我，本想通过努力当个老师，因为关系不硬和学历过低没成功。后来，姐姐找了个公公当小学校长的婆家，一门心思想当个小学教师，最终还是在家务农。现在姐姐已经四十多岁，外甥前几年考上了江南大学，也算圆了上一辈人的大学梦。

一个哥哥叫刘兴文，高中念到二年级，改变想法当了兵，四年后退伍回家成了亲。一个哥哥叫刘兴武，在呼和浩特读大学，留在那里，现在都已经成了家，有了孩子。

兴文哥本来在牛家营子高中读书，家里人想让他考大学。他自己一看成绩不好，考大学没有希望，想当兵谋生路。始终瞒着家里，直到确定下来才告诉家里。

1994年10月，牛家营子镇政府按照国家政策开始招兵。兴文哥听到这个消息后，和两个哥们儿去应招。镇武装部部长张志军问：“你们几个干什么？”三个人说当兵。部长说：“其他两个可以，你够一米六吗？”兴文哥说：“我整一米六五，当兵符合条件。”部长说：“你身体太单薄，还是回去吧。”

从镇政府出来，想了半天，琢磨着还要想点办法。在家听三叔说，他和张立军是好朋友，兴文哥就找张立军去了。一敲门进屋，张立军说：“你干什么？”兴文哥说：“张叔，我想去当兵。”张立军说：“你的条件不算太好，不如回去。”兴文哥就说：“张叔，刘相民是我三叔。”张立军说：“刘相民是你亲三叔？那我给你研究研究。”

然后，张立军说：“你买几袋白糖。”兴文哥以为是给他，结果弄错了，他是让兴文哥吃白糖，体检前多喝点白糖水，身体检查的时候有一定帮助。

11月10号，兴文哥又到锦山的旗医院，各方面检查都合格。同时体检的另外两个哥们，反而体检不过关，说是身体有毛病。兴文哥回到家里，告知家人。家人一看生米已经做成熟饭，当兵也是一条路，就随他去吧。

11月15号，兴文哥正式拿到入伍通知书。离家的那天是12月1号，在旗武装部大院，场面很隆重，送兵亲属不少。下午五点四十，新兵们在赤峰站坐上火车，第二天两三点到北京，然后就开始分兵、点名。

二大爷的一只小猫咪，安静地在冬天晒太阳

12月30号，到达河北定兴固城车站。下了火车，招兵队长开始点名，谁谁谁到哪个连去。兴文哥的排长叫王子豪，他领着新兵站成一队。

据兴文哥回忆，同时招过来的还有兴武哥的一个同学，叫王立刚。两个人在一个班，体格都差不多，比较瘦弱，但是特别机灵。当时班里有河南的、河北的、黑龙江的、山西的，个儿都比他们高，但是办事、干活方面不行。所以，当时班长有什么情况、有什么事就特别偏向这俩人。

兴文哥有一个毛病，在家里就吸烟，一直改不了。

但是按规定，新兵不能抽烟，没办法每天晚上做俯卧撑。六点半吃完晚饭后开始训练，一直到八点，然后回宿舍。就在床上做俯卧撑，每天晚上做五百个俯卧撑。班长不查数也不管，只给一片纸，放在床上，头上滴下来的汗把这片纸洇湿，证明够五百个；要是不湿，就不够，继续做。

兴文哥和王立刚都是下铺，一个挨着班长，一个挨着副班长。两人做俯卧撑时也不老实，有时就用点水或者吐沫把纸弄湿。俩人还是吸烟，班长有时也不管，因为俩人在班里的训练成绩过硬。

两个人在排里的新兵训练排名中，始终是第一和第二。正因为这样，兴文哥心里很矛盾。一山不容二虎，一个排和班里不可能留两个优秀的战士。于是四处打听看有没有什么门路，有什么亲戚朋友能帮上忙，但我们家实在没那方面的亲戚。

按照规定，新兵训练六个月后，被分到各班。训练三个半月后，师里开始选拔人才。拳击技术好，分配做特种兵；学习成绩特别好，分配做科技兵；开车技术好，分配做汽车兵；理化知识突出，分配做防化兵。

3月份，全团开始考试，班长就问兴文哥是什么学历毕业。兴文哥说："高中念了不到二年，没毕业。"班长说："你字写得相当好，应该去考试，王立刚也去考试。"他们就一起考试，王立刚的字和文凭差一些。

考了一上午，全是文化知识，都是高中题。有些题兴文哥会，有些题不会，会的多，不会的没几个。因为考试成绩比较高，他被部队修理营一连招走。在部队，像兴文哥这种文凭的没有多少，大多数都是小学或初中毕业的大头兵，甚至很多人没上过学。

去了各连、各团，兴文哥重新参加考试。部队看文化水平到底怎么样，然后再决定让你干什么。最后兴文哥被留下，当了技术兵。后来连长说：“小刘你应该去防化修理工集训队学习。”于是兴文哥便到了部队集训队，学习防化技术。

在集训队学习六个月，成绩合格给予结业证。因为文化知识学习、理论学习各方面比较积极，所以下了连队。连长和指导员对他很信任，让他当文书，司务长想让兴文哥去当上士，连队领导之间有点矛盾。最终还是当上士，成了司务长的秘书。

司务长让兴文哥负责买菜。他买菜时都是挑好的、新鲜的、同志们爱吃的，不买便宜的。有些战士出不去，让捎一些东西，比如牙膏、牙刷、信纸、信封，他都给大家捎回来。有时他们没钱，兴文哥就给他们垫上，其实自己也没多少钱。

1996 年 12 月 20 日，兴文哥被评为优秀士兵，颁发了优秀士兵证书。本来三年就可以退伍，因为是防化兵，属于特别兵种，一共当了四年兵。

据兴文哥讲，自己性格太直，看不惯连队的一些歪风邪气，与连队领导有的相处得不错，有的相处得一般，没有拿到连队仅有的留人指标，最终还是没有留下，便回到家乡结婚生子，延续着祖辈的人生之路。

现在二大爷和二娘身边有兴文哥照顾，平时种地，辛苦些也不算什么。农民一辈子注定辛苦，这仿佛是宿命。

想来，二大爷已经六十多岁，度过人生的大半光阴。韶华易逝，青春不再，连自己的外孙都已经成年，二大爷肯定有太多的感慨和感伤。当了几年队长，二大爷有过辉煌也有过失落，有过快乐也有过悲伤。

第七章 哀哀父母

我的爸爸叫刘相民，1959年出生，妈妈叫刘桂芹，比爸爸小一岁。俩人一辈子辛劳付出，埋头在地里干活，受尽磨难，辛辛苦苦把我们姐弟三人拉扯大。种药、盖房、包地、扎纸活占据生活的大部，经历着最普通农村人的苦乐甘甜。风风雨雨这么多年，偶尔有点小矛盾，早已成为过去，相互扶持着走过三十多个春夏秋冬。总之，生活不易，为了活好而拼命更不容易。

上　学

爸爸小时候体质不好，三岁出疹子险些送命。大爷爷、爷爷请来大夫，连着打强心针拔罐子，才把病治好，现在胸前还有一个拔罐烧的伤疤。

恢复健康后，小孩子无忧无虑，玩得倒挺快乐。和小朋友一起打尜，把一块小原木头砍成两头尖，一个人用板往外打，一个人再往回扔。有时捉迷藏，家乡叫藏猫儿，儿时没有什么游戏，大人也没有时间管。老姑有时带着他，姐弟俩感情很好。

爸爸六岁上学，学校临时设在我的一个远房三大爷家，在他们家炕上念书。有个小同学上课好打瞌睡，老师拿手指关节使劲顶他额头，一顶一激灵，小同学就醒了。老师岁数也不大，有时提着小学生的大腿，向下翻身这么玩。

"文革"时，没有什么娱乐活动，唯一活跃的是唱样板戏，年轻人十里地二十几里地跑去看。哥哥姐姐不愿意领，只能自己偷偷摸摸跟在后面，有时一宿看两场。那时常演八出样板戏，《智取威虎山》《红灯记》《杜鹃山》等，别的不让演。后来又多了几项，如《青松岭》《春苗》。

四年级时，爸爸去烧锅营子小学念书。放学后在路上顺便薅点野菜，回家喂猪喂兔子，帮着抬水推碾子，干一点力所能及的活。

学校实行七年一贯制，爸爸参加了毛泽东思想宣传队，唱过革命歌曲和样板戏，还说过相声，搭档李洪海逗哏，爸爸捧哏，演起来有模有样。学校组织唱京剧，有四个李铁梅四个李玉和，爸爸听着挺乐。那时不知道愁，还是岁数小。

1975年，爸爸考上土城子中学，学校设在清代拔贡郭早春遗留的院子。大院宏伟气派，斗拱的房子，宿舍是长工原来住的地方。班主任一米八的瘦高个，一手好字，板书写得漂亮，修辞格讲得相当不错。

爸爸半年后转到牛家营子上中学，天天参加劳动，根本不上课，上团结大队的山上栽树，参加西山根支农宣传队，一干就是好几个月。爸爸有几个要好的同学，其中一个是本营子的马福彪，还有一个是邻村的张志军。有一次，马福彪和一个同学比赛吃棒子面窝窝头，说好一个人吃七个，马福彪吃完七个一看，那个同学才吃六个，两个人撑得够呛。

爸爸说，当时还出了两个反潮流的小将，一个叫张铁生，一个叫黄帅，学校又一次停课。传闻说张铁生考农业大学，考题是啥呢？老母猪先下大的还是先下小的。张铁生说先下小的，这叫垫窝，然后再下大的，这个题答对才上了大学。黄帅参加英语考试不会答，在上面写了一段话："我是中国人，不用学外文，不学ABC，也能当好接班人。"

有些人在反潮流中得了好处，有些人遭了殃。爸爸说，据说一个学生参加考试，考题问从北京到广州坐火车需要多长时间？他在卷子上写："条条铁路通广州，老师何必要强求，拐弯抹角不算远，出题不严学生愁。"

爸爸回忆说，谁也不知道这些传闻是真是假，当时有句口号，叫"宁可要社会主义的草，也不要资本主义的苗"。

肺结核

1976 年农历六月，病来得吓人，黑天白天地咳嗽，爸爸估计着自己得了肺结核。

爷爷准备借点钱，让二大爷领着上赤峰做检查。医生检查完，说看不准也治不了，需要专门去红庙子传染病医院。当天去红庙子做了全面检查，也没住上院，医院外边有一个私人的小破旅店，二大爷和爸爸住下，一宿没有睡觉。

检查结果出来后，一看果然是肺结核，两人又在那住一宿，二大爷早上一洗脸，眼眉掉了，当时愁成那样。随后住院三个多月，病好转一些。国家实行计划经济，买点啥也买不着。后来找大营子大姑家的大表哥，托他在供销社弄点白糖和核桃，说是对治肺结核有帮助。

唐山大地震发生时，爸爸正在医院散步，也不知道咋回事，只感觉眼前和脚下晃里晃荡。几个上岁数的人说："地动了，可能是大地震。"人们马上乱成一团。医院组织搭地震棚，北部牧区来的牧民用毡子搭防震棚，爸爸和一些穷患者住在屋里，搭个简易的地震仪，药瓶子支在桌上，有一点动静哗地就倒，随时准备往外跑。

一个小伙子在医院照顾自己的父亲，大夫告诉他，一旦有余震，可照顾好老人。没有想到余震一来，小伙子蹭地一下蹿出去，把老人扔在屋里。余震过后，一看老人掉到床底下。领导巡视后把小伙子好个训，训完了还笑话他。

场面挺尴尬，后来别人都另眼相看。其实很多人在危难时刻第一反应是顾自己，其他全然不顾，生他养他的爸爸都没来得及管，这也不足为奇。

后来毛主席去世了。医院组织患者和医护人员悼念，把毛主席黑白相片摆在屋中间，系上黑纱。哀乐一响，包括患者没有一个不哭的，都是泣不成声那么哭，表达对伟大领袖的崇敬。上了年纪的人哭得更厉害，死去活来，拽都拽不起来，说今天的幸福是毛主席给的。

住院期间，马福彪和张志军骑自行车来回上百里，专程探望爸爸几趟。马福彪有个弟弟叫马福刚，得肺结核也有好几年，跟着他哥哥到了医院，帮爸爸一起收拾出院。有公费医疗的职工不要的药，俩人全部敛走，吃几顿算几顿，药片多呢多吃，药片少呢少吃。

俩人同病相怜，年龄相仿，始终在一起。那工夫岁数小，也不理解社会怎么回事。马福刚说:“咱哥俩拜把子吧。”也没有举行什么仪式，堆一个土堆，俩人磕头拜了把子。直到现在也是以兄弟相称，我们后辈管马福刚叫老叔。

肺结核需要复查，老叔的母亲给了两块钱，老叔拿着这两块钱找到爸爸，爸爸也从家里拿了点钱。上红庙子传染病医院，需要从孟家营子走到牛家营子，花七毛钱坐公交车到赤峰，再花三毛钱坐公交转到红庙子，一次 X 光透视四毛钱。

俩人一算，钱太少看不了病，来回路费还不够，不能透视也不能复查，更别说拿药。

老叔想了半天，说："三哥这么办，我个头小，上车不起票，司机看不见。"爸爸半信半疑地跟着到了牛家营子。上车以后，司机真的没有注意到老叔，但是有一个人注意到了，是营子里一个老头。他怕老叔被抓，管呢，他得花钱；不管呢，乡里乡亲过意不去，也怕丢人。老头直接说："这个小孩没起票。"

司机听见了，说没起票的赶紧起票，不起票双倍罚款。老叔也没办法，寻思着爱咋咋的，偷着和爸爸说："不管咋说也不起票，如果到赤峰查票，你在车门挡一挡，我从你腋下钻过去，他抓不住我。"车开到赤峰，司机说查票，爸爸直接在车门口一叉，老叔一猫腰，从胳肢窝底下下了车，就这样省了七毛钱。

上红庙子坐公交还得花三毛钱，俩人决定走着去。红庙子离赤峰三十里，走着得把两个病号累死。爸爸想起一个办法，说："咱俩上动物园。"老叔挺吃惊地问："上动物园干什么？"爸爸说："课本上讲鹿茸是大补，现在正是割鹿茸的时候，公园养着鹿，咱俩舔点鹿茸血，走路轻飘飘省劲。”老叔说：“这主意不错。”

俩人不认识路，在赤峰市里迷了街，费了老半天劲才找到公园，一人花二分钱进了公园。确实刚割完鹿茸，鹿茸根底还有不少血，俩人拿着草逗鹿，吸引来吃草，鹿来到跟前，还没等摸，蹭地一下跑得老远。

反反复复一上午，两人鹿血没吃上，还累够呛，还是走吧，走又迷了街，只好一边看路两边的批判条幅，一边打听着走，一直走到下午四点多。到了红庙子，饿得实在没办法，俩人说吃点饭再去吧，一人花两毛钱买一斤荞面馒头。

吃完饭走进红庙子医院，爸爸的一些病友还在住院，就问他这是谁。爸爸说：“这是我当营子的弟弟，也得了肺结核。”病友们相互鼓励一番。晚上住不起旅社，只能在病房将就，一个病友腾出半个床给爸爸。

老叔没有地方睡觉，如果一宿在地下躺着，第二天肯定着凉。有一个姓杨的老头得了肝硬化，肚子胀很大，人还比较善良，对老叔说：“小爷们儿你要不嫌弃，和我在一个床上将就一宿。”老叔感觉遇到大救星，还嫌他啥，和衣睡了一宿。

第二天早晨，上医院开单子透视，医生说俩人的肺结核基本好转。爸爸对老叔说：“这一走不知道什么时候再过来，治病要去根，咱们把其他几个人的药划拉划拉都带走，不管是吃剩下的还是过期的。”俩人回到病房，装满一大兜人家扔下的药，拎着出了医院。

出去又各买了一斤荞面馒头，花三毛钱坐车到了赤峰。钱不够了，只能从赤峰往回走，走到半路实在走不动了。正好过来一辆大马车，老叔和爸爸商量说：“咱俩先问问能不能坐车，不行就一个在前边一个在后边，他打你我从后尾上，他打我你从前边上。咱们必须坐这个车，不然回不去。”

爸爸上前问车夫，车夫铁着脸说什么不让坐。爸爸从前面上，他拿起鞭子就打，老叔从后面硬上，他又一大鞭子抽下去。俩人不知道累得慌，追撵了半里地，车夫最后一看没法儿了，才让俩人上车，颠颠达达地到了牛家营子。俩人又走了一段路回到家，开始吃拿回的药，肺结核彻底好了。

1976 年粉碎“四人帮”后，学校恢复上课，1977 年的 7 月 15 日，爸爸正式毕业。他怀着满腔热血，回到出生地孟家营子，学生时代就这样结束了。

从西南沟到窑头沟门

妈妈的祖辈同样是从山东迁来，为了躲避纷纷扰扰的战火，落户到了牛家营子镇团结村西南沟。西南沟在深山里，上下路是很陡的梁，往北走就到了松山区，大车进不去，小车慢悠悠，种地全靠人工。

十四户人家组成一个小生产队，是牛家营子最偏僻的地方。沟底有一处泉眼，拿瓢舀满泉水然后挑上来，陡峭的路四百多米，每一次走都累得直不起来腰。

太姥爷和太姥姥死得早，埋在西南沟。姥爷排行第二，有兄弟三人。大姥爷结婚后搬家到赤峰郊区，从此定居在那。姥爷成了家，想着哪处黄土不埋人，在哪里都能活一辈子，不愿意搬迁。三姥爷和老姥爷出外当兵一段时间，家里就剩下姥爷一家。后来三姥爷和老姥爷回来探亲，兵荒马乱中带回一坛大烟，一家人准备着靠这坛大烟发财。

没有想到走漏了消息，三姥爷和老姥爷离开家，几个强盗当天晚上堵上了门，俗称砸明火，就是半夜过来抢东西。姥爷和姥姥在家，大舅还是个小孩。姥爷不肯交出大烟，被绑起来挨了一顿揍，强盗把锅拔掉。

人还被架在锅腔子上烤，烤得哇哇直叫，出一身燎疱。大烟还是被抢走了，衣服也都被敛走，只留下一条裤子，姥爷姥姥俩人轮换着穿。三姥爷和老姥爷回来后，带战友四处找这几个强盗，最终还真找着了，但大烟没了，他们一狠心把一个人推下转山梁活活摔死。

过了不久，两个人都成了家。

很不幸，老姥爷三十八岁时得病死了，老姥姥不久也死了，留下两个孩子。小女儿才五个多月，被一个亲戚抱走。大儿子叫刘坤，才几岁，在姥爷家长到十一岁。大队书记心眼好，一看姥爷家孩子多，刘坤没爹没妈，就让他给别人当小牛倌儿。十六岁那年，大队书记做了一套小行李卷，打发他去外地亲戚家谋生工，后来在包头成了家。

姥爷在生产队是饲养员，家庭困难没啥吃的，缝一个小布口袋扎在腰上，有时往家拿棒子面和棒子粒，有时往家拿喂牲口的黑豆。掺着咸盐料的黑豆有油性，咸滋滋的，妈妈说挺好吃。大家都往回偷，彼此心知肚明，没人追究这些事，就这样勉强维持一大家子的生活。

姥爷还学会了唱二人转，吹拉弹唱样样精通，专演旦角和丑角，平时赚几个零花钱。有了一定名声后，姥爷开始走街串巷演出，后来孩子大了，为了顾家只在附近上台。平时也好赌博，赌注不大，纯是为了玩。

姥姥生了十几个孩子，活下来七个，我有三个舅舅三个姨，妈妈排行第六。大舅比妈妈大一代人，到了成家的年龄，家里穷出不起彩礼，地方偏僻没人愿意嫁。没办法，就给十八岁的大姨找了同是山沟的婆家，要了六百块钱彩礼。大舅结婚后，慢慢有了四个孩子，大女儿只比妈妈小两岁。

二舅到了成家的年龄，看过几个对象，总是挑这挑那。姥爷来了气，拿起镐头打了二舅一顿，二舅随后离家出走，后来流落到满洲里，正碰上煤矿招工，当了煤矿工人。一个人在外边不好混，没钱处对象没钱安家，二舅妈的爹正蹲十年劳改，家庭最困难，俩小子仨丫头没着落。二舅一个月给丈人家十块钱生活费，一给就是十年。这样才和二舅妈结了婚，生了仨孩子。

西南沟地方偏僻没法管理，旱地不多水地没有，政府鼓励搬迁，负责盖新房，团结大队一个生产队接纳两户。大舅搬到了三队，三姥爷搬到了一队，姥爷不愿意搬。

其他人都搬走了，一户人家在深山里面显得非常空旷孤单，没有多少人气。二姨也嫁到了外边，十几岁的三姨每天都说，在这没有人烟的地方害怕，吃不好也睡不好。姥爷没办法，担心老舅长大以后说不上媳妇，于是搬到三姥爷迁居的三队窑头沟门。

窑头沟门距离牛家营子公社只有三里，在公社西面的山坡，沟门即是山里通往平川的交口。政府已经不负责盖房，姥爷自己收拾出院落盖了小土房，全是土打墙，屋顶没瓦，只抹了一层泥，屋前屋后种上杏树，这样过了三年。

大舅妈高挑白净，很风骚，村子里的很多男人都跟她有一腿，这在家乡叫搞破鞋。大舅慢慢知道这些事，看着四个孩子还小，心情抑郁沉闷。

有一回，大舅妈甚至把相好的野男人领到家里，说是她的表哥，让大舅暂时搬到生产队的牲口棚。大舅顾全一家人，卷着铺盖长吁短叹。当天晚上，这件事被姥爷和很多人知道了，怒骂大舅是个窝囊废，打着火把拿着绳子，把大舅妈和相好的野男人绑在生产队的杆子上。大舅颜面尽失，拿鞋底子抽了大舅妈一顿嘴巴。从此家庭彻底破裂，大舅妈记恨在心。一次干活回家，走下坡路上，从后面一镐头把姥爷拍到沟里。

家里事情闹心，加上操劳过度，姥爷得了重病，情绪暴躁易怒，总感觉屋里憋闷，把房子顶棚一角扒开个洞，白天晚上瞅外面的天空，后来瘫痪在床不能下地，姥姥伺候了半年。姥爷每天哼哼呀呀地唱个不停，小帽中的《月牙五更》常挂在嘴边。阴历六月十二，姥爷去世，被埋回西南沟。

大舅一看老爹去世，留下年幼的弟弟妹妹。自己一大家子人，老婆不过日子，家庭接连破碎，心情坏到了极致。第二年阴历二月初四也去世了。具体怎么死的，谁也说不清，死得不明不白。几个相好的男人凑了一些钱，把大舅妈嫁到大兴安岭。二舅回来，说绝对不能留下大舅的孩子了，家里根本养不起。四个孩子被一起带走，再也没有回来。

相隔半年，家里两个顶梁柱去世，天好像塌了下来。死的死，嫁人的嫁人，出走的出走，老的老，小的小，一大家算是衰败到了极致。妈妈才十四五岁，正在上初中，没人供也没钱供，一块橡皮三分钱，一盒火柴二分钱，那都买不起，只好辍学回家。

家里没钱生活，三姨出去打工，在赤峰菜窖择菜，赚点钱贴补家用，一干两年多，回家不久也嫁了人，婆家在松山区五家乡一个叫骨头盒的小地方。结婚之后妈妈去了一趟，两间土房两节小黑柜，没有公公婆婆，三姨夫是孤儿，吃百家饭长大，很勤劳也很本分。

家里只剩下姥姥、妈妈和更小的老舅，三个人时常在屋里哭。姥姥是小脚老太太，身体也不好，上地干不了多少农活。妈妈带着十一二岁的老舅去干活，锄地不会锄，拔草不会拔。

看着地里的庄稼，想着死去的姥爷和大舅就难受，妈妈扛起锄头开始哭，一边锄一边哭，到了地头坐下歇着也哭。老舅力气小，拿不动锄头，妈妈让老舅在家帮着倒粪。老舅太小不知道辛酸，用倒好的粪盖住大坷垃，和小朋友玩了一下午，妈妈回来又是一阵哭。

姥爷的忌日时，妈妈带着老舅走十五里回到西南沟，周围荒无人烟。连绵不断的群山，郁郁葱葱的树林，微风丝丝地吹着荒草，眼前横着大大小小的荒坟。萧条悲凉，带着一丝丝恐惧。

给姥爷烧完纸，妈妈拉着老舅，头也不敢回，一口气跑出十来里，上气不接下气。走进家门，看见姥姥早就哭成了泪人，娘三个抱在一起，又是一阵号啕大哭。

三姥姥看着实在过意不去，说以后拉扯一下吧，其实她家过得也艰辛。二舅远在满洲里，只能邮寄点钱，大姨、二姨和三姨各家过得都很困难，帮的程度有限。

妈妈十六岁就成了家里的顶梁柱，慢慢学会了种地，平地、浇地、耙地、扶犁、点籽、溜粪、间苗、施肥、拔草、耥地、割地、赶车、扬场、收拾院子、做饭炒菜、推碾子、挑水担面、拆洗被褥，一样没少干，累没少受，罪没少遭，靠不上任何人，只能靠自己，最困难的时候只有泪水和汗水陪伴。

姥爷要是今年活着，正好一百岁，姥姥九十二岁，大舅七十六岁。谁要是经历家道突然间衰落的苦痛，那将彻底看透这个虚伪的世界和世人丑恶的嘴脸，这是鲁迅留给世人的感伤。

锦上添花者常有，雪中送炭者绝无。白马红缨彩色新，不是亲者强来亲。贫居闹市无人问，富在深山有远亲。人情冷暖，世态炎凉是生活常态。

生儿育女

时间在勤劳与辛苦中过去，妈妈很快到了二十岁。因为长得也好，平时爱干活，被前后营子很多家看上。妈妈不愿意在附近找婆家，不愿意留在沟门，也怕因为拒绝让姥姥得罪乡里乡亲，所以很早就说明自己会嫁到别处。

二娘是窑头沟门的娘家，回家时会和妈妈闲聊几句。聊着聊着说到了婚姻，爸爸那时在家务农，也到了结婚的年龄。于是二大爷和他丈母娘当了介绍人，说老刘家是过日子人家，男方性格挺好，身体也不错。妈妈和家里人商量后，觉得看看再说。

爸爸对妈妈的第一印象是妈妈穿的一双自己做的鞋。爷爷家很穷，粮食不够吃，房檐下一囤棒子，几袋子小米。爸爸说："家里就这么大能耐，你看我别看家，要是不行咱俩就拉倒。"姥姥家也是穷苦，穷不是问题，命中注定前生有缘，两个人都觉得不错。

爸爸农闲时骑着一匹大儿马，提着东西到未来的岳母家，一来二去定下结婚日期。接亲时，一个远方叔伯大哥赶着集体的三套大车，前面两头骡子，当中一个辕马，来到窑头沟门。姥姥陪送了一个录音机，做了一套行李，大姨、二姨、三姨凑钱买了一对带花的镜子。

临走时，姥姥哭得稀里哗啦，家里只剩下勉强成年的老舅，妈妈也大哭一场。

到了孟家营子，按照村里大仙的掐算，妈妈没有从正门进，老姑带着从破败的墙角进了西屋。这是1981年的事。妈妈常说，这辈子就是苦命人，结婚都不走正门，在孟家营子几十年，舒心的时候不多。

第二年姐姐出生。奶水不够，妈妈心疼姐姐，在能喂姐姐饭时，天天给她做羊肉馅饺子，用小茶缸煮熟，一次吃几个补充营养，连续好几年，没有想到彻底吃伤了，后来姐姐荤腥不沾二十多年。

四叔在筹划着结婚，要用西屋做婚房，爸爸和妈妈赶紧张罗盖房子。开始时想在门前空地盖，爷爷怕四叔以后没地方盖房子，说这个地方用来打场，看看别的地方。又想去二大爷前面的一处斜间，商量来商量去，感觉以后开东门不舒服。

于是到了现在这个地方，宽敞气派，前后都有空地。马福彪在东侧已经安家，也有个好邻居。姥姥送来一袋谷子和一袋荞麦，房子在家人的帮助下慢慢盖起来。

爸爸妈妈结婚照

正月二十九正是寒冬，妈妈怀着哥哥与爷爷奶奶分了家，带着两袋粮食和碗筷被褥搬到新家。那房子是啥，三面土打墙一面砖墙，屋里没抹二面泥，外头也没抹。爸爸用高粱秸扎了窗户，糊上白纸。大爷给了一个用过的破门，上不够天下不够地，就那么将就着。

生哥哥时，奶奶和爸爸给接生，用高粱秸秆削出一个锋利的细条，割断了脐带。屋里太冷，冻得直打哆嗦，四寸厚的霜。粮食还是不够吃，姥姥让老舅送来一点。奶奶帮忙收拾一下屋子，做了几次饭就回去了。

爸爸不会做饭，只会煮粥，下面糊了上面还生着，灶火旁烤个黑乎乎的咸菜疙瘩，送到妈妈身边，然后拍拍孩子，转身去了要钱场，大半夜才回来。妈妈哪里吃得下去饭，兑上开水勉强下咽。炕不热，穿得也不暖和，加上各种不顺心，妈妈得了严重的妇科病。

哥哥从小身体不好，没少闹毛病。第一次住院时，妈妈刚怀上我，把姐姐留给奶奶照看，挺着大肚子和爸爸一起到了龙山医院。没几天，兜里的几百块钱花光，爸爸着急得来回在医院挪步。

没办法只好留下妈妈陪床，自己到了耍钱场。冒着抓住挨揍的危险，使诈赢了七百块钱，这才解了燃眉之急。妈妈说，不能说耍钱一无是处，也发挥过正面作用，关键时刻管用。

我是属于超生的孩子，当时抓计划生育特别严。而当时人们都想多生孩子，所以很多家成了超生游击队。

男人偷摸种地，带着家人四处跑。妇女看着车来，出门就往棒子地钻，甚至跳墙往外跑，还有一些人东躲西藏到了远方，甚至躲到大兴安岭。怀我三个月时，妈妈还是没有躲过，被带到牛家营子镇做流产，然后做节育。

我有一个叔伯大姨正好在那里工作，看妈妈体质不好，怕流产引起并发症，趁着其他工作人员吃饭的空当，临时做了一点手脚，直接给妈妈做了节育。七个月后，奶奶和爸爸在家里接的生，用高粱秸秆劈成细条，削尖割断了脐带。马福刚老叔特意买了一身黄色小衣服，送到家中。

爸爸出去耍钱，老叔在窗户外面说："三嫂子，我不进屋了，衣服给你放到窗台，你一会出来看看孩子合不合身，等三哥回来再聊。”这是我接受的第一个礼物，小衣服穿了两年，实在不合身时也快坏了。

我上面有哥哥姐姐，只比哥哥小一岁，不够五年间隔期，属于严重超生，常作为反面典型罚钱。一天晚上，政府来人把羊毛炕毡、单人被和录音机等值钱的物品全拿走，临走还开了1200块钱的罚单，说不交钱过几天掀瓦扒房子。家里没有钱，妈妈和娘家人说了情况，三姨送来几百块钱，叔叔大爷也帮忙借钱，七挪八凑把罚款交上。

为了完成计划人口，政府多采用罚款的形式。营子里有一户超生，直接被罚款六千，家人当即傻了眼。要知道当时一年收入也没有这么多，上哪弄钱。于是，营子里的人以后给他家孩子起了外号，就叫六千，不了解情况的人还以为是乳名。

爸爸要去地里干活，偶尔还去唱二人转，妈妈在家挑水做饭，没工夫看孩子。我那时候刚会爬，妈妈只好把三十厘米的大钉子砸进炕里的墙角，绳子一头拴着钉子，绳子一头拴着我，哥哥姐姐在炕上看着我。没想到，我还是挣脱了绳子，过了炕沿掉到地上。姐姐没有拉住，拼命地喊：“妈，妈，小弟弟掉地下了，小弟弟掉地下了。”

两桶水刚挑进院，妈妈听到不对劲，感觉出了大事，咣当一声放下扁担，水洒了一地，赶紧跑到屋里。我在地上正哇哇哭，抱到医院一查，摔断了锁骨。那年秋天水浇地种了一亩多甜菜，爸爸妈妈轮番干活，一个人抱着我，一个人去地里修甜菜。

哥哥时常得病，最严重一次得了淋巴结节瘤。我那个时候还小，妈妈离不开，爸爸一个人带着哥哥坐车去红庙子医院看病。当天后半夜三四点，爸爸带着哥哥又回到了家，妈妈吓得够呛，以为孩子没救了。

一问才知道，爸爸去医院看完病，准备找个小旅店住下，哥哥哭着喊着找妈妈，怎么哄也哄不好，只好走了一晚上，七十里走到腿发软，包一个小毯子也怕孩子冷，脱下自己的外套裹在外面。

小时候，我们三个经常在一起玩。院子西边有个小矮墙，堆着一垛棒子秸，五岁的哥哥不知道怎么拿到一盒火柴，一不小心把棒子秸点着。哥哥姐姐吓得跳出小矮墙，哆哆嗦嗦地躲在一边。火光很快高出院墙，邻居老杜正好看到，一边喊着火了，一边拿着铁锹往火堆上扔土。

妈妈连一棵酸菜还没切完，听着外面嘈杂的声音，回头一看院里的火苗已经很高，赶紧往外走。我那时只有四岁，跳不出小矮墙，拼命喊妈妈。妈妈回忆说，一只手把我拎出来，火苗子直烤脸，差一步就把我烧死。

营子里老荣家死了一个孤寡老头，他的弟妹在他出殡时号啕大哭，成了丧礼的亮点，我们三个也去看热闹。回到院子里堆个小土堆，上面插一根草，围成一圈学人家哭，“我的老哥哥啊，我的老哥哥啊。”妈妈一听孩子怎么哭了，出来一看原来是学人家哭着玩呢。

记得，有一次妈妈回了娘家，爸爸出去玩。我们三个不知道是谁和一个远房奶奶起了冲突，怕其中一个受委屈，三个人和她打在一起，哥哥脱了衣服，跳着高地冲向她。二娘正好路过，拉着三个孩子到了奶奶家，回来和妈妈边说边乐。

辛　酸

爸爸原来有一口人的地，妈妈嫁过来后，生产队补了八分地，姐姐和哥哥出生后又补了一点，但远远不够营子里的人均耕地标准。我属于超生，队里新增人口太多，一分地都没有。靠着这点儿地，爸爸妈妈精耕细作，真是顺垄沟里刨食吃。

三个孩子又小，爸爸琢磨着做点买卖，收点散养鸡蛋，骑着自行车到赤峰市里换大米白面，几次下来收入还不错。赤峰市区痞子多，专门欺负农村人，抢了鸡蛋不给钱。爸爸争辩几句，挨了一顿胖揍，从此再也没去换鸡蛋。

冬天时，妈妈开始编折子，大冬天拎着水往高粱秸秆泼，拿溜轴压扁。折子卖出去不贵，九块钱一块，一块十五米。妈妈的手被锋利的细条划得一道一道，编了两年就不干了。

农村从前没有加工厂，只能推碾子磨米磨面，爸爸妈妈没少推碾子，后来有了驴，省一点劲；没有钱打水井，只能去几百米外的辘轳井挑水，水桶是木头板做的，四周箍三圈铁皮，搬家几年后，爸爸找人在院子里挖了一眼水井，这才不用去外面挑水。

天天晚上，妈妈还要给我们做鞋，量脚丫、画鞋样、纳鞋底、上鞋帮。做鞋不累但耽误工夫，晚上也没有时间睡觉，等家里稍微宽裕一点，妈妈就不再做鞋。

一开始家里没有炉子，弄一个火盆点一把火，冷了就在炕沿烤火。生活好了一点，家里买了一个炉子，拉一点煤，屋子里不再那么冷。每年的煤灰舍不得扔，和成泥脱成坯，然后砸成小块接着烧。煤坯不好烧也不旺，散到屋里很多烟。

平时做饭烧火的东西不够用，只好去西边树林划拉树叶子，爸爸用杨树杈子编了两个大筐，和妈妈一人背一个。人们都去抢那些树叶子，打得头破血流。爸爸妈妈为了不和别人起冲突，三点钟就起来去抢暄乎的树叶子。一筐筐地往家背，收拾成一个个小垛。

树叶子不禁烧，没有办法只好上树砍树杈子。妈妈把我们留在家，自己拿着菜刀爬上大杨树，一直砍到树腰，站在二三十米的树上晃晃悠悠。砍下来扛回家，妈妈肩膀被压得生疼，衣服常被树杈子划破。

当时还有几家妇女上树，其中一个妇女一不小心摔到地上，连摔带扎，花了不少钱才治好。树林属于临近大碾子村的财产，有专人看护，上树还要偷偷摸摸。爷爷上集路过树林，看到妈妈趴在树顶正砍树杈子，被小风吹得忽忽悠悠直

妈妈、姐姐、哥哥和我最早的一张合影，我和哥哥还穿着裙子，因为没有让姐姐拿冰棍，照相时还在哭

摇摆，当时吓得够呛。

回头对爸爸讲，可别让她上树了，摔下来三个孩子怎么办，弄点别的柴火。

西边树林里有几棵枯死的干巴树，爸爸妈妈惦记起怎么弄回来，劈开当柴烧。有一天趁着月黑风高，用锯锯断很粗很长的树干，爸爸妈妈抬着往回走。距离家还有五百米左右，妈妈说实在抬不动了，爸爸转了几圈，只好找来二大爷。

二大爷一抬没抬动，就说："他三婶你怎么抬到这里的，三个人共同抬着才把这棵树干抬回来。"当时没有东西烧，把人逼的，也不管多累多沉，费多大劲也要弄到。

我小时候总是穿哥哥姐姐剩下的衣服，甚至还穿过好长时间的裙子，我最早的一张照片就穿着裙子。四岁时，二舅从满洲里回来探亲，看着家里太困难，就对妈妈说："天天翻土能有多少钱，翻到什么时间也过不好，跟我去满洲里吧。"爸爸和爷爷说了情况，爷爷只知道满洲里距离家非常遥远，说那可不能去，守家在地多干点活，这事最后不了了之。

二十世纪八十年代中期，牛家营子成了药材基地，各家各户纷纷种药。自此，爸爸妈妈种了一辈子药材，春夏秋三季天天长在地里。最忙时候早晨五点上地，中午休息一阵顶着太阳接着干。那工夫干得有劲，孩子上学等着用钱，也是没有办法的事情。

这么多年，沙参、桔梗、牛膝三样种得最多，板蓝根、防风、白芷、紫草种过但不多。基本上除了平时花费，秋天卖的钱到了第二年才投入到地里，年年循环剩不下多少钱。药材值钱的时候不多，基本上是三年不开张，一开张还可以，妈妈天天盼着药材值钱，总是失望居多。

家里地不多，怎么种也是那么多钱、那么多粮食。爸爸借了点钱，和我的一个叔伯哥哥包了村里的几亩集体地。地在村委会和村小学后面，距离家有五六里，种了一年党参，那个累没少受。

我当时七八岁，正上一二年级，放学后一拐弯到地里，和妈妈、姐姐、哥哥蹲下来一起薅草。小时候不懂得辛酸，看着其他小同学都乐呵呵地回家玩，自己的小手费半天劲才把草薅出来。

我常噘着小嘴说，一放学就让上地蹲着，一放学就让上地蹲着，嘟嘟囔囔半天。妈妈那时还会领着我们到商店里买面包或者汽水，平时没钱吃，这时吃上喝上还很高兴。就这样边吃边干，糊弄着弄一个多小时。太阳快下山，蚊子嗡嗡出来了，妈妈领着我们再走几里路。

回到家天已经黑了，妈妈做饭，我们开始写作业。

第二年，叔伯哥哥受不起累，说什么也不再包地。我们攒下点钱，又和邻居马福珍大爷、马福刚老叔一起包地种烤烟，租金一百五十块钱一亩，一共是十四五亩地。当时政府鼓励种烟叶，有点政策支持，帮忙提供种子、盖烤烟房。

进烤烟房实在太难受，高温闷热，大半夜还要起来几次看温度表和烤的程度。烟味熏得人受不了，妈妈没办法学会抽烟，抽了一段时间身体更难受，又强行戒了。那时，村委会周围有几个小痞子，大半夜把爸爸的秋裤秋衣都偷走。

烟叶种子好，又是精耕细作，长得有一米多高。烤好的烟叶三块五一斤，卖了一些钱，一年下来赚两千多块，算是有生活的本钱，但是身体也累坏了，爸爸说："我这辈子再也不种烤烟，挣金山银山也不干了，实在受不起这个累。还是回家开始种那点地，平时扎点纸活好。"

我十二三岁时，国家新政策下来，重新分地，保证三十年不变。我们家要补三口人的地，队里常开会，爸爸一到晚上就去开会。有的人有地也不愿意往外拿，中间没少费周折。爸爸每天都回来抱怨，说什么什么亲戚，应该拿出点地都不拿。偶尔回来很高兴，说又要出来一亩。家里的地慢慢多起来，水地五六亩，山地十多亩。过了两年，国家提倡退耕还林，一亩地补助三百，爸爸主动种上七八亩大扁杏树。国家每年都有粮食和钱的补贴，过几年结了大扁杏下来，又卖一些钱，这生活逐渐富裕起来。

家里有一块地在沟边，平时发洪水积下肥沃的泥土。爸爸动上了心思，琢磨着以后我和哥哥要盖房子娶媳妇，这钱从哪里来。不如在河沿种上树，树长成了，孩子也长大了。爸爸上集买了三把小铁锹，安上适合小孩拿的把。

趁着一次发洪水，爸爸妈妈带着我们去挖树坑。厚厚黏黏的泥土实在不好挖，费了半天劲才挖出来一个。

连续挖了好多天，才把二百多个树坑挖完。接下来运树苗，种树，浇水，又干了十来天，我的小手累得起好多水疱和血疱。小树靠近新房身，时常被人砍回去当锄把，所以没少补栽。平时还要时常看护，防止被牲口啃。看着树慢慢地长大，爸爸妈妈心里也很欣慰，寻思着儿子长大可以用这些树换钱盖房成家。

纸活是家传的手艺，爷爷想教给几个儿子，一代一代继承下去，二大爷、四叔和老叔感觉待在屋里，做这个纸活没意思。爸爸十八岁时跟着爷爷学，耐得住寂寞，全盘继承手艺。爷爷在世时，爸爸不能独立扎纸活，每次来人订货，都是爷爷出面，收下钱后分给爸爸一些。

开始时，车马人一件八块钱，九莲灯、车轱辘各算一件，前后顶马算两件，双套车子算两件，小人算半件。死者是女人还要扎一个牛，也算一件，加起来没有多少钱。其他纸活价格差别不等。

有时，有人会请到家里扎房子和院套，爷爷年老不能出远门，打发爸爸和叔伯兄弟一起去。有一次出外，爸爸看到停在人家院子里的小汽车，动上了心思。琢磨来琢磨去，自己动手扎了一个小汽车，还能推着走一段路。东家很满意，给了五十块钱。

新兴事物层出不穷，来人要的也是花样翻新，我爸慢慢琢磨明白了怎么扎家用电器，彩电、冰箱、麻将、保险柜一应俱全。

老式的工序太烦琐，也进行一定简化和革新。比如马屁股原来有七八道工序，精简之后只剩下两三道工序，马身上的骑士腰间佩着现代化的手枪。

爷爷去世后，爸爸开始独立扎纸活，收入马上多起来。当然累没少受，车马人是死人出殡用的物件，人死到出殡也就两天，有时整晚上来不及睡觉，着急时，我们三个孩子也都学着糊纸。

记得有一次，姐姐从锦山卫校回来拿生活费，家里没有钱，爸爸妈妈正盘算着上谁家借一点钱。当天晚上来了一个人，说家里去世一个老头，急等着用纸活，留下五十块订钱。

我和哥哥十几岁时

姐姐早晨起来，拿着钱高高兴兴地去上学，爸爸妈妈白天黑夜不睡觉给人家扎完。

随着物价的提高，纸活也在慢慢涨价。在我上初中时，金银桥一百块钱，小汽车一百五十块钱，电视三十块钱，四盆花三十块钱，金银库三百块钱，彩亭是四百五十块钱，房子和院套八百块钱。家里盖房子那年，也不知道怎么回事，总是有人过来订纸活，黑天半夜地忙，一年下来收入两万多块。

虽然家里孩子多，生活很拮据，爸爸还是想着晚上一家人能够看个电视节目。1989 年，趁着政府打击小商贩的时机，爸爸花了一百八十块钱从政府手里买回一台黑白电视机，找人用铝丝缠个天线，才能收到几个电视台的信号，刮风下雨信号还不稳。

我们经常抱着天线杆转，不知道转多少次才能重新收到信号。电视也老旧，室内天线上经常挂一把锁，压着也不稳定，不行了使劲用手掌拍一次，电视才显像。

有一年大年三十下午，电视也调整不出像来。爸爸抱着电视到师傅家修理。当家的妇女直接说:“大过年的还修理这个，你家过年人家就不过了。”最终电视没有修成，爸爸就抱着电视回到家。那年我们去邻居家看了春节联欢晚会，爸爸那个时候真是无地自容，恨自己无能。

等过了几年，爸爸花了两千块钱买回一台新彩电。当时在营子里非常稀罕，很多人都过来看彩色的电视节目。

开始时，院子里只有三间房，没有厢房和门房，几个木头板钉成一个大门。爷爷给了一头驴，没有驴棚，也没有地方存放喂驴的干草。火灾被扑灭后，院子西侧搭起了一个厂棚，前面两个柱子，上面绑上秫秸搭上瓦，勉强遮点风避点雨。后来家里有钱了，夏天暖和时准备重新装修三间正房。

晚上父母在厂棚睡，怕我们三个孩子晚上冻坏，各自选择去叔叔大爷家。我去了大爷家，姐姐去了二大爷他们家住，哥哥去了老叔家。

还记得第一天上午，爸妈把屋子里的东西全都收拾到外面，老叔端起满满一铁锹的泥，甩到西屋墙上。家里人帮忙把三间屋重新抹上白灰，打上水泥地，搭好西边的锅台和西屋的炕。屋门口重新打出两米宽的台阶，一干就是二十多天。

晚上下雨，天气阴冷，爸爸妈妈也在厂棚睡觉，直到屋子晾干。

我上初中时，随着耕地的增加，家里粮食和药材也多起来，一方面担心没地方放粮食和药材，一方面也想重新盖个驴圈，所以操办起门房和厢房，加上自家攒的钱，又东挪西凑一些，以三万块钱的价格外包出去了。几个月后终于盖好七间房子。过了几年，又花了几万块钱重新装修一遍。

爸爸经常赌博，饭可以不吃，但不能不去耍钱，号称局长，因为每个赌局都能看到他。派出所经常抓赌，所以没少挨罚。我上小学时，爸爸被抓去，家里没有钱赎，蹲了十五天拘留才被放出来。我上初中时，爸爸又被抓进去，和另一个赌友被铐在树上，妈妈拿了六百块钱赎了出来。

还有一次，爸爸又被抓进去，奶奶那个时候还活着，着急地满营子乱走，妈妈带着两千块钱到了拘留所。爸爸说，再等几个小时可能赎金降下来。妈妈没有等，还是直接花了钱赎他回来。爸爸赌博只有一个好处，从不耍大钱，输也输不多赢也赢不多，平时玩图个乐，算来算去每个月总是赚个几百。

抑　郁

爸爸妈妈都是庄稼人，干活下苦力，从来不惜力也不借力，张不开嘴做不得生意，一辈子种地扎纸活，靠双手打拼一生，性格都忠厚实在，他们从来不去想怎么祸害别人，但也有些不同。

爸爸性格沉郁孤傲，以立异为高，一遇挫折便手足无措，受挫感极强，有时既让自己不舒服，也让别人不舒服。遇到利益冲突时，宁亏自己，不伤亲朋。

妈妈十几岁时，姥爷和大舅死去，二舅远走他乡，姐姐陆续出嫁，家里只有瘦弱的姥姥和更年幼的老舅，从小命运坎坷，受尽了生活的艰辛，倔强而自尊，不肯呈现脆弱的一面。听到外人一些闲话，自己都感觉很受伤。

俩人都不愿意别人指指点点，也怕别人说自己不行或者嘲笑。家里的猪病死了，半夜里套上驴车拉到大沟，不愿意让邻里知道；以前吃中药，半袋子的药渣趁着半夜扔到远处。

现在年龄大了，两人才略微看开一点。

强烈的自尊，使得心灵外面包上一层厚厚重重的壳；习惯性地拒绝意见，甚至反向批评；生活中难免磕磕碰碰，又互相提出批评性的意见。这类性格造成了生活的不和谐，同时遗传给了我们，在我们姐弟三人心里打上深深的烙印。

贫贱夫妻百事哀，买粮食扎纸活拿到钱的时候感到一点快乐，过程确实辛苦异常。沉重的劳动压疼了肩膀，压弯了腰，压垮了最后一丝耐心，让人喘不过一口气来。春夏秋三季爸妈天天长在地里，刮风下雨时还担心药地的草又长起来，不下雨时又开始张罗浇地。

冬季停歇一阵，过年后还要操办着开春种地，一年的操劳又重新开始；夏天拔草、施肥、浇地，没有停歇；挖药、捡药、卖药，一干就是一个秋季，山上的庄稼要收割回去，扛个秸秆和袋子实在扛不动，爸妈只能佝偻着背着，一步一步往前挪。披星戴月上地，顶着星辉才能回来，总是有干不完的活受不完的累，爸妈最后全身都是病，不干又不行，或许这就是农民的宿命。

现实总是残酷的，世人总是势利的。看你有钱有势是羡慕嫉妒恨，觍着脸巴结，一副贱人模样。看你没钱没势就轻视鄙视加漠视，狗眼看人低，人眼有时还不如狗眼。世路淡如水，亲情薄似纱，关键时候能靠上的人不多。无论生活多么艰辛，日子总要继续，明天的太阳不会因为今天的愁苦而不出来，清晨的曙光驱走最后一丝黑暗，带来今朝的希望。

爷爷去世后，爸爸得了抑郁症。有一次上集回来，情绪完全失控了，晚上也不穿鞋，蹲在墙根连续不停地哭，哭着哭着抱起一包上坟的海纸往外走，说给我爷爷上坟去，上完坟自己就完了。妈妈着了急，鞋也没穿跟着往外走，拼命拉也没拉住，最后出了门。

爸爸走出院落，妈妈终于用尽全身的力气把爸爸拖回屋里。我们还小，也不知道怎么回事，完全吓傻了，愣愣地看着眼前的一切，只记得那天晚上特别黑，院落西南角的树上有一只黑色的怪鸟一直叫，声音划破长空，阴森恐怖。

妈妈着了急，回到屋子守着爸爸，也不敢出去喊人，就这样静静地等了一个晚上。院子里一片肃杀之气，外面的怪鸟叫了整整一晚上。第二天，妈妈给老姑打电话说明情况。老姑当天从三眼井赶回来，把爸爸接走，说跟着他老姑父要钱散散心。爸爸看到老姑后情绪稳定了很多，乖乖地跟着到了三眼井。其实这是心病，心病还要心病医。爸爸情绪还是不太好，愁眉苦脸，没有精气神。

我上高中时，地也多种的药也多，装修房子也需要钱，家里的活太累。妈妈实在干不动了，也那么硬挺着，实在没办法吃点安乃近和索米痛片。加上心情郁闷，总感觉委屈，妈妈也开始喝酒，打一大桶散装白酒，每天喝几次，一次喝两口。

或许长醉可以消愁，微醉可以解忧，就这么勉强把日子过下去。

我上大学时，家里活更累了，姥姥年纪大了身体也不行了。老舅三十多岁才结婚，老舅妈原来看见前夫亲手杀人，精神上受了刺激。结婚后，在老舅的悉心照顾下才基本正常，生了个小宝宝。老舅在外赚钱，老舅妈勉强能照顾自己。

一看姥姥没人照顾，妈妈着了急但也没办法。过一阵，姥姥去世了，走完了半辈子孤苦辛酸的人生。窑头沟门位于镇西边，上牛家营子集再往西一走就到了姥姥家。妈妈那时一上集就哭，感觉距离姥姥很近，却再也看不见，边走边哭，回到家两个眼圈红肿起来。

爸爸心情也不好，每天去要钱场还能解个愁。妈妈平时和营子里人唠嗑也不解劲，心里总是感觉委屈，除了喝白酒，还喝上了啤酒，早上上地里干活带上一瓶啤酒，歇一阵哭一阵喝几口，很像姥爷去世时的神态。

想和爸爸说几句，刚开口就被堵回来，妈妈哭来哭去，心里的抑郁越来越严重，后来不太愿意出去见人。后来因为一些事情，妈妈和爸爸大吵一次，然后头也不回地走了。

爸爸去叫她时，大舅和大舅妈过来劝架，好个把爸爸批评，说："你要理解一下，不能老顾着自己的感受。"好说歹说说了好长时间，爸爸妈妈从那开始都不再那么抑郁了。凡事谈起来也不像以前那么僵硬，相处起来好了很多，一直到现在。

爸爸说，这大半生，日子过得不富裕，一辈子除了要钱就是干活。自己性格从来不愿意麻烦人，累点、委屈点反正

爸爸妈妈看天安门升旗后留影

自己都忍着过去。但是别人求着我，总是无条件答应人家，有时也太实在，和外人相处事情总爱吃亏，为的是心坦然。

妈妈说，三个孩子成了家，有了自己的小孩，现在也管不了那么多，在家种点地，挣个零花钱。这辈子没少受累，没少干活，没少受委屈，反正都过去了。以后怎么样，凡事自己想开，心情就顺了。

吵架吵多了，就不吵了，也吵累了，生活顺顺当当就可以了。家里现在也顺心了，多么困难都过去了。

爸爸妈妈身体不太好，每天吃一大堆药，岁数一天比一天大，干不动了，也不愿意种药了。俩人总结一句话还很有哲理：吃亏是福，人活着受累，做人要厚道。忠厚老实传家远，狡猾奸诈坏事多。

第八章　浮沉半世

四叔叫刘相阳，生于1964年，属龙。圆头正脸，粗犷魁梧，说话铿锵有力。一辈子就想出人头地，帮人办个事，做个小领导。从远走黑龙江、当兵到当队长、主持砸井、领人上访，半辈子没少折腾；从要钱、种地到开饭店、开商店，一样一样没少用心。所得与所失兼有，落寞与辉煌并存，但是对事没有服过输，对人没有服过软，现在年过半百，依然豪气不减。

活泼好动

四叔四五岁时开始记事，七岁上学。天性活泼好动的他，没少给老师惹麻烦。碰到调皮捣蛋的学生，老师也很无奈。

学校有几十亩自留地，春天种上庄稼，秋天打下粮食，用来解决学校的部分开支，或者做点干粮给同学和老师吃。有一年学校蒸年糕豆包，十二三岁的四叔往豆包馅里撒尿，神不知鬼不觉，然后一跑了之。

四叔在临近的新房身上学，老师是我的一个叔伯姑姑，教过我爸。四叔调皮一些，学习倒是不错，平时不怎么上心，临阵磨枪突击一下，考试成绩也能排在前面。姑姑家开铁匠炉，生活条件不错，不像自己家那么穷。正好姑姑有个孩子也在上学，四叔经常和外甥一起，顺便吃点稀罕东西。

等到放假，四叔领着外甥四处跑，谁也看不住他俩。玩着玩着，四叔惦记起隔壁家的杏，让小外甥放风，自己翻墙爬上杏树，开始是一个一个往下摘，摘着摘着总感觉太麻烦，于是劈下来几个大树杈子，扛着藏到屋后。杏还不太熟，两个小孩想吃时就去摘几个。

不久邻居找上门，说摘杏没多大错，劈树杈子实在不应该。怕大人训斥，四叔偷着藏着不敢回来。

在新房身上学没几年，学校搬到烧锅营子，老师换成了大爷。听四叔讲，那个时候只知道玩，根本不把学习当回事，临阵突击的事情也不干了。大爷喜欢看人打牌，四叔跟在大爷屁股后，一来二去学会看小牌。

奶奶月月给四叔几块钱或几毛钱的零花钱，买个橡皮、铅笔、小刀，四叔用这个钱在学校下注，那时候玩得小，一厘二厘地玩，到了分和角才算账。

念到六年，四叔怎么都觉得上学没劲，说什么不愿待在学校。看到社会上谁厉害谁能打，谁就吃得开，谁就混得好，用家乡的一句话讲，就是谁能立个棍。特羡慕人家立棍，整天惦记这些事，四叔就稀里糊涂地荒废了学业。

四叔十五岁辍学回家，第二年给生产队放牛，一天挣六个工分或七个工分。放牲口不用心，牵到树趟子让牲口吃一阵草，保证不太饿就行，自己上树荫里打扑克、弹脑瓜崩儿或扇纸片子，这样过了一年。

分田单干之后，各家各户想着改善生活，拼命地耕种自己家那份责任田。四叔不愿意种家里的一亩三分地，惦记着快发财。营子里有个远房大爷会掏包，单独行动总感觉不安全，就拽上四叔。四叔成了半大小伙，对社会上的事似懂非懂，整天跟着他去周围集市，等他得手了，自己混顿吃喝。

早些时候，人们的衣服是系扣的，扣子大扣眼小很难解。远房大爷每天在家，练习怎么解扣，怎么不碰扣，四叔常在一旁看，上集拿个口袋或破布作遮掩，有时得手，有时被抓住，让人揍得不轻。堂哥只管饭不给钱，那也不错了，在外面比在家里吃得好。

四叔回忆说，社会总是这样，人一有钱腰板就挺起来，堂哥穿得好吃得也好，兜里长期一沓钱，跑到耍钱场上没少输钱。四叔挺羡慕，但感觉这个路不好走也不能走，还是踏实回家找其他发财途径。后来那个远房大爷也不干了，回到家安安分分地种地，很少出去。

四叔在家没少打架，领着一群人吆五喝六，感觉当个头威风凛凛。一打架呼啦啦一群人，基本是打群架，单挑也有，前后营子慢慢地知道有四叔这么一号人。

各村偶尔放映电影，为了看个电影，可以跑出好几十里地，甚至上远处的柳条沟。四叔一场不落，哪里演电影都知道，带着小伙伴没少去看，走多远也不嫌累。

有一次，在另一个村看电影，从赤峰过来一个挺牛的人，咋咋呼呼很嚣张，在戏台底下和小姑娘嘀嘀咕咕。不一会儿和四叔起了冲突，一群人乒乒乓乓打了起来。打完各自散去，黑灯瞎火地谁也找不到谁，也不太清楚是哪个人打的。

离家出走

到了十七岁，四叔干一阵地里活就嫌累，怎么也下不去力气。二大爷已经成家，觉得庄稼人不爱干活不是个事，时常和爷爷念叨。爷爷是老实的庄稼人，家里穷困，不干活以后怎么办，开始犯愁，时常训四叔几句。

有一回，二大爷作为哥哥，训斥了四叔一顿，让他好好在家种地，俩人说着说着吵了起来。二大爷一阵猛揍，打得四叔两眼冒金星，鼻孔直蹿血。

第二天，四叔离家出走，一分钱没带去了黑龙江。不知道怎么弄到几毛钱，买了张站台票上了火车。乘务员一查车，四叔就上厕所，有一回甚至钻到座子底下。

为什么上黑龙江？因为有个大姨奶奶住在那，来过爷爷家，留下个地址，黑龙江省德都县新发公社胜利大队四小队。大姨奶奶说，她们那边净吃大米白面。我们家何时吃得起白面，四叔特别羡慕，暗地里想上黑龙江去挣钱，快快地发财致富。

四叔拿着大姨奶奶留下的地址，在车上开始打听。有人告诉说先到哈尔滨，转车到北安，再到德都县。黑龙江的雪真大，有没过膝盖那么深，天气出奇的冷。四叔只穿着棉裤棉袄，没有秋衣秋裤，冻得直打哆嗦。

四叔在一个老太婆家住了一宿，第二天早上吃点饭又开始走，边走边打听，两三天才找到姨奶奶家，当时快冻成了木头。

大姨奶奶家住在一个小马架，两个檩子一支，有一人多高，破柴火披在外面。四叔一看住得并不好，感觉吃的不一定是大米白面，当即心凉半截。姨奶奶迎出来说："哎哟，这外甥怎么来了，快进屋暖和暖和。"

四叔还记得那顿饭，苞米楂粥，热的馒头，熬了点菜。大姨奶奶问怎么来的，四叔含糊着几句话带过。一看他们家不太富裕，四叔寻思着出去打工，冬天太冷，只能等到第二年。

四叔吃完饭帮着干点活，和大姨奶奶家人关系处得不错，唯独和小表妹不太对付。端午节中午包饺子，大姨奶奶三叉神经有毛病，犯起病来就牙疼，让四叔几个人包饺子。小老姑瞅着四叔不顺眼，说着说着出现了不和谐，俩人叽叽咕咕地吵个不停。

四叔一看没治了，人家已经不满意，添一口人后费米费面的，只能走吧。大姨奶奶感觉过意不去，给四叔做了一条棉裤和一个棉袄，买了张车票送上火车。

四叔回到家大概是六月份，庄稼地的活还是干不下去，平时蹲在耍钱场，不赢钱还净输钱，一百二百输得不少。待了一年，四叔又离家出走，跑到大姨奶奶的大丫头家，也在黑龙江那边。

村里的一个表叔和四叔一起去的，俩人受了不少罪。大兴安岭人烟稀少，基本见不到人家，俩人晃晃悠悠地找了好几天才找到。一开始去倒挺好，人家帮忙找点活。

那时候木耳值钱，干货十块钱一斤，湿货也不便宜，俩人琢磨着到大兴安岭林子里捡木耳。道边拉着铁丝网，森林警察不让进。正好碰见一个当地的老头，领着俩人顺小路进去，不到半小时，一人捡一袋子木耳。

那地方蛇多，俩人腿上绑着塑料布，怕蛇钻进去。有一回抬头，看见槐树上趴着一条蛇，有三十厘米粗，瞪着眼睛吐着芯子，吓得四叔直打哆嗦。

老头为了记路，用刀往树上砍印，俩人跟在后面不敢分帮，最后还是跟丢了。林子里看不见太阳，分不清东南西北，正晌午的太阳模模糊糊。地上是蓬蓬松松的树叶子，一脚陷下去很深，有很多大蛇，听说还有狼，专门吃人肉。

四叔找来找去到了一个学校，幸亏被一个打更的老头收留，俩人在高桌上住了一宿。四叔穿的一个红秋衣让汗全浸透，蚊子叮得全身都是包。

第二天早晨，发现昨天迷路地方的旁边有具尸体。打更

我家里的另一幅旧相框

的老头说："你们俩孩子真胆大，旁边这具尸体是学校的一个人，昨天晚上才在这个门框上吊死的。"四叔一听吓得够呛，赶紧往外走，一天都没吃饭，摸出树林子时太阳已下山。

出来后，四叔琢磨着当小工挣钱然后回家，毕竟这地方也不好混。三转悠两转悠，就转悠到黑龙江省通河县小清河公社小清河大队。有个老头正坐在门口，四叔去打听路，对大爷说："我是赤峰的，你看有活儿吗？"老头说："孩子再说一遍是哪儿的？"

一听话里有话，四叔赶紧说是赤峰市喀喇沁旗牛家营子公社烧锅营子大队的老家。老头说："我是新房身的，咱们是一个大队的。"原来他是地主，十几年前家乡斗争地主，朝不保夕有生命危险，才带着两个儿子连夜逃到大兴安岭。

老头看四叔身上挺脏，说："把外头衣裳脱了，一会儿洗洗，你二哥有衣裳，你穿他的。"回头还喊他儿媳妇，让她给洗了衣服，言谈举止还是很讲究的范儿。那天吃的是苞米楂粥和馒头，两个人就慢慢地聊起来。四叔说想打点工，这边好挣钱。老头的大儿子有一个拖拉机，给公社拉沙子，于是让四叔跟着他装沙子，一天十一块钱。

四叔跟着干了一个来月，老头给了一百四五十块钱，加上一开始给的几十块钱，一共二百来块钱。四叔觉得少，因为装沙子累，手都磨出疱，后来渗出血。四叔不想再跟他干，说这也有路费了，多谢大爷的照顾，就上了班车往北安返。

在班车上，四叔认识一个小包工头，四十多岁，老家在赤峰乌丹。他在车上买票，听口音就听出来是老乡，俩人闲聊起来。四叔说过来找点活干，他说他那有活，自己成立一个建筑队，给人家盖房子，跟着他去干吧。到了工地，一天也给十来块钱，但人挺好。

四叔想着在工地管个事，干点轻快活多挣几块钱，于是跟他套近乎，一来二去认了他当干爹。

四叔很聪明，也会看眼色，没活时帮他家里种地。干了两三个月，干爹不让四叔回来。当时他家有一个丫头，想留下四叔做养老女婿。四叔一想不行，人生地不熟没个依靠，还得回家。也忘了干爹给了多少钱，反正回到家时四叔兜里一共揣着五百多块钱。

当　兵

四叔回来时已经十九岁，一门心思想当兵。1984年初，国家又正式发布招兵通告，各个村镇的招兵工作相继开展。我爸的同学张志军在公社武装部上班，提前打了招呼，请人家帮忙。远支的一个叔伯姑父也没少使劲。

四叔想当森林武警，顺便练两手功夫。但只有一个指标，领兵的军官和另一个参军的人是亲戚，指名要他。到了赤峰，参军人员换上衣服，那个人换的是大头鞋，帽子和其他人也不一样。四叔一看森林武警当不成了，开始后悔，不去还不行，被拉到了位于河北的部队驻地。

新兵三个月训练非常辛苦，四叔得了胃病，天天返酸水。部队吃棒子面发糕和棒子面面条，一个连三四十人，大伙房不常开，平时把面条子一热，用水一泡就吃。四叔抽烟抽得厉害，家里邮去二三十块钱，加上七块钱一个月的津贴费，根本不够花。

很多人受不了苦，想办法回家。第一个回来的是本镇王营子村的一个人，当地人帮忙写了申请，说他爹是老八路，年龄大了，需要儿子回来照顾。他一回来，四叔心里长了草，老惦记着回来。回不来怎么办，没想到过一阵四叔的机会就来了。

有一天，全连开大会，连长提起大金鹿车子，一种骑起来很得劲的自行车。四叔随口插了一句话，说赤峰大金鹿的车子多得是。连长听见挺当回事，让四叔给家里写信问问具体什么情况。四叔给我爸写信，让上供销社看看有没有大金鹿车子，我爸回信说有。

连长说，他老家山东有红旗牌的自行车，可以和大金鹿车子换，这样都赚点钱。四叔一拍胸脯说太费事，直接给连长买一个得了，需要请几天探亲假。连长帮忙写了申请，四叔回到家。

当时大金鹿车子一百二三十块钱，还挺贵，山东也生产，但是当地禁销，于是直接给连长老家邮了一辆大金鹿车子。按规定，回乡探亲不归队会被抓起来，四叔无奈又回到连队。

1984 年，正赶上新中国成立三十五周年大阅兵。四叔跟连长说想参加阅兵，连长报了上去。四叔差半厘米，不够正式检阅条件，但也跟着训，正式检阅时有缺额就顶上，没缺额拉倒。训练相当累，两个月贴在墙根，晌午也不让睡觉，天天练正步，一个脚就那么直挺挺地抬着。

四叔受不了这份罪，跟连长说能不能上菜园子看菜。那个时候各连都有菜园子，连长说那得请示请示。晚上连长和指导员商量，说让他去吧。平时出入大院要有通行证，看菜的兵不用通行证，可以随意出入大院。打这之后没人管了，战友们经常上菜园子找四叔玩。

有一天，指导员修厕所，钻到了下面，四叔在旁边坐着，边抽烟边和战友聊天。厕所垒的技术不过硬，忽然间两边蓬松的砖和土往一块挤，眼看要把指导员埋在底下。四叔也不知道哪来的劲，上前一步两条腿一叉，一把揪住指导员脖领子拎了上来。指导员的脊背沾满血，四叔赶紧背起来往外跑。

指导员有背景，岳父是四叔所在师的副师长，上甘岭下来的功臣，平时常和部队官兵忆苦思甜，媳妇是师医院的护士长。四叔背着指导员到了师医院，一进门就吆喝说快救人，人砸坏了。正好指导员的媳妇出来，赶紧招呼医生抢救。实际没砸坏，掀开他的军装，脊梁骨磨破皮，血淋淋一片。过一会儿看没什么事，四叔回到连队。

晚上，指导员的岳父和师长等部队领导到了四叔所在连部。师长下连部，真是好大的动静，开着小车前呼后拥一群人，当时就吆喝说今天救人的新兵是谁。把四叔叫到连部，详细询问了一番，送了一堆葡萄和梨。打那以后，整个连队对四叔另眼相看，指导员也是处处照顾。

四叔当时就想回家，觉得在部队挣钱少约束多，不如去外面闯荡。过了一段时间，四叔试探着跟指导员说，爸妈岁数大了，想回家伺候老人。

指导员说在这干吧，等炊事班班长转了业，你上炊事班当班长，再过几年转个志愿兵，你的文化不错，肯定没问题。劝说半天也没用，四叔还是不想干，一想年头太长，好几年才能转志愿兵，遥遥无期看不见现实利益。

后来赶上一个机会，军民共建文明村，部队办军地两用人才学习班，让快退伍的老兵去学习，回家有一技之长。四叔跟指导员说，想跟着老兵一起学习。指导员说："你真想回去？"四叔说真想回去。指导员安排四叔学了半年修表，发了结业证和一套工具。

后来拿回家，连证带工具慢慢都丢了，也没干成。

老兵到了转业的时间，四叔天天找指导员。指导员一看人各有志，也不能勉强，不到转业年限，只好托岳父搞到一张转业证。四叔拿着转业证上了火车，团长和政委追到火车站，说有一个才当一年半的兵要转业，必须抓回去关禁闭。指导员正好在旁边，拿出他岳父批下的手续，团长和政委当即放行。

就这样，四叔结束了一年半的军旅生涯，回到了家乡。

耍钱挣钱

当兵回来后，四叔正式步入社会，最用心的事是耍钱。每个营子都有推牌九、看小牌、掷骰子的，那个时候耍钱的人守规矩，用点儿鬼就能糊弄人，来钱比较快。派出所经常抓惯性赌博，四叔有一次被抓住，戴上拇指铐蹲了七天拘留。

四叔有几个赌友，其中一个人姓谢，姑且称之为老谢。老谢耍钱技术全面，推牌九能走牌偷牌，有时还往袖筒里藏牌。几个人经常去外地赌博，有一回去了满洲里，其中一个人是马蹄营子供销社主任，以采购组的名义开了介绍信，方便住宿吃饭。

老谢在满洲里有个姓徐的朋友，姑且称之为老徐。老徐看老谢使鬼使得利索，于是合伙在当地赢钱。老徐带着老谢和四叔几个人去了海拉尔皮革厂，一晚上赢了一万多块钱。老谢分给老徐的钱不多，老徐内心很生气，表面上没说什么。

第二天，老徐建议几个人到满洲里一个煤矿耍钱，老谢给了四叔千把块钱让去看看。老徐以为几个人都去了，报告给公安局，四叔被抓住，当即挨了一顿胖揍。满洲里的蒙古人多，抓住外地人用油丝鞭抽，打得四叔的秋衣和肉皮粘在一块。老徐假装找到老谢，几个人用钱把四叔赎出来。

几个人在一起琢磨，还是老徐告的密，想把大伙都抓住但没得逞。赌徒没有隔夜仇，只要有利益总会凑到一起，后来还是老徐带着几个人四处要钱，又赢了四万块钱，老徐分到不少钱。当时没有提包，拎着八十年代那种黑色的写着北京两个字的小手提兜。面值基本都是十块，一捆一捆地装了大半袋。

赢了将近五万块钱，一人能分不少，几个人想该回去了，于是坐火车往回走。走到海拉尔一个小车站，准备买点吃喝，打开窗户正好碰见老谢的一个兄弟，在车站当调度员。他赶紧问："你们咋来了？"哥几个说来玩玩。他说："你们快下来，这正好有个赌局。"几个人下车，准备在这里开赌。

晚上到了赌场，当地公安局副局长的小舅子也要钱，老谢就把他赢了。因为口音不一样，进屋时老谢的兄弟不让说话，只让一个主事的人说。

后来赢得太高兴了忘记了这茬，其中一人对四叔讲："四哥，他们就这么点钱，玩什么玩赶紧走吧。"这一说犯了忌讳，表明自己是外地专门来要钱的惯犯。赌局当场有人不让走，挺厉害地说自己钱多着呢，转身回去拿钱，顺便给公安局报了信。

拖延了好久，老谢和四叔几个人到最后也没玩，出来后在车站旁边等着海拉尔往赤峰发的直达车，准备着车什么时候到，什么时候进站。等进了站，几个人怕出事分成两帮。拿出介绍信接受车站检查，人家一看，说你们几个人刚才还耍钱，采购组纯是糊弄人。

其中一人比较机灵，看着不对劲对四叔讲："四哥这事不对，怎么来警察了。"四叔一看可不是，十几个警察穿着靴子敞着怀，朝这边急匆匆走来，领章晃来晃去非常扎眼。四叔和另一个人几个箭步跑出车站，躲在木头门后面，透过上面玻璃看见其他几个人被抓。感觉出了大事，俩人七绕八绕地找了个小旅店住下。

等到腊月二十八，几个人才被放出来，钱被没收了，一人罚二百块钱，家里人通过邮局寄了罚款。来回吃住加上赎人，一人摊了七百块，赢钱人家分给你，摊账也得出，后来老谢没跟四叔要这个钱，就这样稀里糊涂地过去了。

从满洲里回来，四叔一般只在当地玩，找合得来的赌徒一起使鬼——把骰子的一面钻孔灌上铅，摇起来一面偏；再不往袖筒里藏牌，弄一层滑溜布缝上装牌。玩了几年，四叔耍钱的门道越懂越多，在牛家营子镇和赤峰市里跟人家混事，也能分点钱、学点技巧。

耍钱人也有限度，也不是常年在外游逛，很多人慢慢成家有了孩子，可四叔二十五六岁还是一个人晃来晃去。

爷爷操心起四叔的婚事，一听到谁家结婚放鞭炮就在炕上念叨，这是谁家又娶媳妇了，咱们家挺大的人也不争气。营子里有人给四叔介绍个离婚女人。

四叔正好在家里，心想着，不答应吧，爷爷不让；答应吧，自己又不甘心。于是想了一个法儿，没等媒人进屋找碴儿骂了人家一顿。媒人很愤慨地和爷爷说了，爷爷冲着四叔扔过来一碗饭，说就娶这个离婚的，四叔说不行，俩人大吵起来。

看着爷爷奶奶很着急，四叔开始琢磨着干点正事，不然天天要钱不务正业，谁家大姑娘都不愿意嫁。四叔和朋友在镇上开了一家饭店，也算找个营生。朋友也爱要钱，他叔叔在工商局上班，什么税都不上，后来他不干了，就自己开始经营。

四叔没少要钱，忍不住就想去赌场转一圈，赤峰、锦山和牛家营子各个村没少去。派出所严查赌博，每次都有人把四叔供出来。当时怕见警察，四叔天天躲着他们绕着他们，怕抓住挨罚蹲拘留。

四婶那时在饭店当服务员，和四叔慢慢认识。处了一段时间，俩人有了真感情，商量着结婚。四叔比四婶大七八岁，娘家不乐意，最后才谈妥。四叔除了盖自己房子，还要帮助娘家翻盖新房子。当然也不一定是要多少钱，只是督促四叔上进。

四叔满口答应，就这样一边开饭店一边要钱，两方面同时赚钱，给四婶的娘家拉去了一大堆砖，一分五一块，三分钱拉到家。

四婶怀孕后，四叔想改行开商店，不愿意回去种地，四婶觉得人生太漂泊，不愿意开饭店也不愿意开商店。俩人一起回到家，开始种原来的二亩地，四婶不会种地，不会拔草，不会给高粱谷子间苗，留多远也不知道，四叔以前也没怎么干过农活，套车扶犁现学现用。家里人没少帮助，四叔四婶慢慢学会种地。

当年有了孩子，学名刘兴龙，小名立勇。

开始盖房子时，四叔家钱不充足，没有院墙，只有一栋光秃秃的房子。爷爷分给四叔一头毛驴和六百块钱。下雨了，毛驴没地方避雨，只能披个塑料布。营子里有人嘲笑，看刘相阳家的毛驴一下雨就穿着雨衣，天天当笑话讲。

四叔弄四根木头支个驴棚，上面压几个棒子秸，罩上塑料布。一直到秋天，四叔赢了一个砖厂老板几千块钱，老板用两万块砖顶账，这才砌了院墙，后来盖上厢房。

立勇四五岁时，四叔又和一个姓单的人搭伙开饭店。开饭店是一种副业，以要钱为目的，容易接触人也容易糊弄人。老单要钱会用技术，在胳膊腕上戴个铁片，弄个松紧带箍上，穿一个肥大褂，洗扑克牌时能夹住四张牌，发牌时袄袖子一耷拉送出牌。

俩人没少赢钱，有一次四叔和老单赢了几万块钱，离开赌场时裤兜里都是钱，一人分一万多。

四叔说，那时候很多人不明白要钱有鬼，想赢钱很容易。有一次家里盖房子砌墙，工钱是五百五十块钱，手里没有现钱。四叔对干活的人说:“你们在家里等着，我上牛家营子去看一阵小牌。”早上走的上午回来，四叔赢到工钱，解了燃眉之急。耍钱场上输赢不定，有一次四叔输得很惨，回来拿了两万块钱还不够还，欠人家一屁股债。

还有一次去河北省围场县，正好碰见一个有钱人手气不好，连输几十万,四叔赶紧往上压钱，赢了十来万，回来还了债务，从此存下一些钱，日子慢慢好了起来。随着孩子长大，四叔不像原来那么玩了，顶多输个四五千，几天再赢回来。

四叔耍钱总能有个拐弯，算来算去不输钱，还余下不少钱。

砸 井

只要有人的地方，就一定有躲不开的恩怨情仇，说不尽的甜酸苦辣。

在家乡的村镇两级和各个营子之间也有一些矛盾与问题。在博弈中发展自己壮大自己，宁愿毁掉也不让对手得到。四叔混了这么多年社会，后来又当上队长，难免得罪人，加上乡亲邻里的恩恩怨怨，所以没少被人告。

国家规定房身地四分地，村里扩展到五分地，四叔盖的房子稍大一些，被营子里的人告了一状。土地局检查后罚款二千一百一十四块钱，四叔对这个数字记得清清楚楚。

当时好赌怕见警察，土地所和派出所的衣服一样，四叔有一次在牛家营子被堵上，一看大盖帽还以为派出所来抓赌，吓得从粮站的后窗户跳了出去。后来一问来人是土地所的，才放下心来，家里已经收到罚款单。

四叔想少罚点钱，找到一个姓任的赌友，他小姨子在土地局当会计。那时候最好的烟是石林，买了两条石林烟，拿了五百块钱二斤糖，四叔进到土地局也没说话，姓任的赌友先跟他小姨子说是怎么回事，再转告局长。局长听了半天，说这不行，必须罚，二千一百一十四块钱可以免点，不能低于二千，不行推倒院墙。

四叔说，那就推吧。这样僵持了很久，快要中午时，四叔一想请客吃饭还要多花钱，掏出烟和糖放到桌上，说："办公室几个哥们兄弟抽点烟吃块糖。你多罚也没有，我要是有钱不会不交。"又掏出五百块钱放在桌上，转身就要走。

局长说："那不行，你得回来。"四叔说："回来怎么办，现在确实没钱，要不这五百块钱也拿回去，你爱怎么罚就怎么罚，你想怎么推院墙就怎么推。"旁边人也在说和，后来又让打欠条。那时候政府各部门欠条很多，罚款交不起钱一律打欠条。四叔没打欠条，事情不了了之。

四叔开了一个小商店，平时卖点日用品，刚卖时没办下证，又有人开始告他，说食品不合格，他们孩子吃坏了，工商局监察队马上到商店检查。

四叔正在平庄煤矿要钱，接到四婶电话，马不停蹄地赶回来。冰柜已经被搬走，商店停止营业。四叔的一个连襟任工商局副局长，托人没少活动，最后掏了二百块钱把冰柜赎回来。打那以后，一系列的证件全部补全，四叔的商店照旧营业，一直到现在。

四叔年轻时，当过几天小队电工，负责浇地和敛电费。

浇地时，一个电闸放在井边，四叔挺经心地看着。正好秋天下小雨，两个牛跑出来，把线蹬到一堆，电线出现短路，变压器开始打火花，井停了，牛被电得趴在地上直喘粗气。四叔赶紧把闸关了，打那以后说什么也不干电工，看着电就害怕。

二大爷卸下队长职务，四叔接着当，事还是那些事，每年修路、调解邻里关系，一干又是十几年。前几年，国家加大农村水利建设，在营子里投资砸了一眼井。因为一些冲突和矛盾，不让四叔和其他十几户用这眼井浇地。

营子里十来户撺掇四叔，想合资再砸一眼井。四叔想，这事情不好弄，几家几户合起来砸井，谁管账目都难免不清不楚，人心未必齐，中间枝节太多，很多人关键时候挺不住，容易惹祸上身。但是转念一想，人为一口气，佛争一炷香，不管怎么样，也要出头做这个事，而且必须办成。现在有国家政策支持，正好借着新农村建设的春风砸一眼井。

新井是在一眼旧井基础上重新砸的，两次的投资人不一致。有旧井投资人坐在井上不让动，四叔和营子里的人没少说好话，勉强才把困难排除。四叔、老叔和营子里另两个人去银行贷了数额不小的款，谁要用这个井浇地，按地平均分摊。

一群人聚在一起筹划，商量了近一个月。跑这跑那、进料、找人、托关系，一切事情都是四叔和几个人一起弄。吃喝一般在四叔家，挺麻烦，也挺耗人的，每天晚上聚一屋子人，一嚷嚷就到大半夜。那年四叔家渍了两缸酸菜，每次熬点酸菜，搁点肉和豆腐。之前每年自己一缸都吃不完，那年两缸吃得一棵没剩。过年没酸菜，大嫂子知道后送来几棵。

四叔领着人埋管子，有人却来挡路。那天兴文哥吆喝着聚聚，一家子人正在吃饭。山上埋管子遇到了麻烦，钩机被挡住，有人往地上一躺，有人坐在车轱辘前面。四叔说，这事指不上别人，只能靠咱们自己一家人。

于是一家人做好战斗准备，叔叔、大爷、大娘、婶子、哥哥、嫂子十几个人都上了山。一看来人气势汹汹像打架的阵势，一部分人猥琐地退到一边。还有一个人仗着酒劲躺在钩机前，说这是他的地头，就不让埋管。

这边有人说："土地是国家的，不是你个人的，你们砸井时想往谁的地走就往谁的地走，我们这也没在你家地里走，只是一个地头，而且是我们六组的地，凭什么不让埋管子。再整事就打110，咱们一起到派出所和镇政府去说理。"

刚给派出所打通电话，那个人咕噜一下就起来了，酒劲也没了。有一个人说："你怎么不躺着了。"他什么也没说，穿上大棉袄灰溜溜地下了山。

从山坡一直爬到梁顶，一路埋管一路被挡，坎坎坷坷波波折折。还有一次，一家媳妇挡在钩机前面，四婶、老婶和几个嫂子架着扔到了沟里。四叔总结一句话，别人家厉害，咱们家也不尿，反正都不甘示弱，最后终于把管子埋成。

另一派又上旗农电局找人，不让使变压器，说变压器超负荷。花了十好几万把井砸上，不让使电是个难事。整个一冬天，四叔一天一趟去锦山或者牛家营子，光喀喇沁旗信访局就跑了三十多趟，见过旗领导和其他具体负责人，光说给解决但没有实质动作。四叔不服这个劲，又想起在工商局上班的连襟。

农电局负责人刚从宁城县调来，和镇村两级的内部争斗关联不大。农电局负责人听完解释后说："村民自筹经费砸井符合国家政策，应该受到鼓励，不应该受到压制，基本程序要遵守，你们得掏点押金。"

已经到了春天，营子里的人等着浇地。四叔说掏点钱就掏点钱，拿了两万块钱交给村委会，村委会交到镇变电所。后来浇地的事还是被压下。

矛盾越来越大，愈演愈烈。眼看春天浇不上地，营子里很多人急了眼，几十个人去镇政府陈情，也不管用。逼得实在没法儿了，四叔带了四十来个村民，一家子有去两个的，也有去三个的，连大人带孩子黑压压一群人，打车去旗政府陈情。村民认为，自筹经费砸井浇地合情合理，电和变压器属于国家投资，为啥不让使，就觉得不公平。

那天把旗政府围得乱七八糟，上班的上不了班，出门的出不来。只要他们开门开窗户，女人们就往里爬，摔坏了再说，当时人都豁出去了。旗政府的领导一看，赶紧追查原因安抚村民，说："你们先回去，政府会尽快解决。"

四叔第二天去了信访局，局长说："你回去吧，领导已经

冬天时的田地，还有二年生桔梗长在地里，一群羊在寻食

惩处了相关人员，星期一保证给你们安上变压器。”过了没几天，农电局派下人来，说旗委旗政府高度重视此事，下令抓紧赶工，让老百姓浇地。

安完变压器，营子里的人浇上了地，一共花了二十多万，覆盖四百多亩地，老百姓很认可，浇地用的电费也不贵。为了庆祝，四叔买了一挂长鞭，放了有二三十分钟。四叔对其他人讲，做人要争口气，人不是被吓大的，也不是被打怕的，凡事要讲究个理。

门户之见与利益之争，是一切矛盾的缘起，亦是孟家营子、烧锅营子村、牛家营子镇发展道路上存在的弊病。

柏杨写过《丑陋的中国人》，对内斗有深入的分析。以“恨铁不成钢”的态度，强烈批判中国人的“脏、乱、吵”“窝里斗”“不能团结”“死不认错”，指出传统文化中有一种滤过性疾病使子子孙孙受感染。

村里人常讲的，上面的政策总是好的，下面的有些人不贯彻不执行，还刻意制造矛盾。为了个人或小群体的私利，伤害了大部分人的利益。

第九章　平凡人生

老叔叫刘相前，1969 年生人，同辈中排行最小。和老婶结婚后，干活是主业，耍钱是副业。把希望寄托在孩子身上，努力供兴冉上学，盼望着下一代走出庄稼地，不再顺垄沟找豆包。奶奶心疼老儿子老孙子，一直跟着老叔，老叔老婶把她照顾得很好，奶奶活到了九十岁。干活、耍钱、供孩子上学、赡养奶奶，是老叔生活的全部。作为最普通的庄稼人经历着一般庄稼人的辛酸悲苦，也享受着一般庄稼人的幸福快乐。

成　长

老叔出生那年，爷爷四十九岁，奶奶四十三岁，上有三个哥哥一个姐姐。四岁时，二大爷结了婚，老姑没有出嫁，我爸和四叔还没长大成人。

小时候吃不饱穿不暖，冬天衣服不厚，戴着狗皮帽子又捂着难受，夏天穿拆去棉花的单衣。童年没有玩具，只能和同龄伙伴一起打尜、踢毽、抽冰尜、扇片子，手冻得裂了口子，玩时忘了疼，不玩的时候疼得厉害。

转眼到了九岁，老叔开始上学。老师叫刘桂芝，也是我上学前班的班主任，人挺严厉的，写字不好挨打，算数不对挨批评。老叔学习不好，没少挨打挨批评。

放学是最高兴的时刻，一口气跑回家，挎着大筐拿着小刀上山挖野菜，不知道和小伙伴跑多远才挖满一筐，那时候漫山遍野都是孩子。老叔个子矮胳膊细，还得用全身力气把菜扛回来，用来喂鸡鸭猪。

忙活了一阵，也渴了饿了，去碗橱拿奶奶做的干粮吃。暑假时和小伙伴一起玩做饭，有捡柴火的，有点柴火的，有掰玉米的，有挖土豆的，把火烧得很旺，闻到香味后扒拉出来，一人一块吃得挺香。

读完小学，老叔辍学回家务农，和爷爷奶奶一起下地。爷爷有时在家做纸活，奶奶领着去地里干活。十八岁时，爷爷买了一辆二手自行车，让老叔收点农家养的土鸡蛋到市里卖，换点大米白面贴补家用。

转眼二十三岁，二大爷说老叔："你也不小了，自己琢磨着做个买卖挣点钱。"老叔向营子里的人借两千块钱高利贷，开了一个商店，卖点油盐酱醋烟酒糖茶。营子里的人都困难，买东西净赊账，老叔年底去要钱，有的还要不上来，平时净丢货，算上自己用的，攒不下多少钱，没钱进货只能勉强开着，日子依然不好过。

到了成家的年龄，经老姑夫介绍，老叔和老婶相识。老婶叫张迎春，家在三眼井那一条川，距离大姑和老姑的家不远。俩人看着对方不错，处了一个多月，看皮也看不了瓤，算是闪婚，去马鞍山等景点旅游了一番，赶了回旅游结婚的时髦。爷爷奶奶年过花甲，奶奶比老婶的奶奶还大好几岁。

老叔后来讲，父母为婚事操碎了心，自己终于成了家，下定决心给家人一个安心的生活。

钱不好赚，苦日子依旧，当年腊月老叔又有了孩子。老叔和老婶先去牛家营子镇医院，半天没生出来，医生检查说孩子头大，又打车到锦山。二娘和四婶跟着去，没少着急没少上火。老婶躺在手术台上，才明白不养儿不知父母恩，费了半天劲还没生下来，医生建议剖宫产，让老叔签字。老叔和老婶商量，老婶说有一点希望，都要尽到做母亲的责任，听从医生建议。老婶被推进手术室，老叔和家人在外面等候。

老婶第二天醒来，看到身边放着一个小宝宝，迷迷糊糊的挺高兴，问是女儿还是儿子，家里人乐着说是儿子。去时带了八百多块钱，手术费花了几百，送给主刀医师和麻醉师三百，两手空空，再无余钱。

老叔和老婶正犯愁，二大爷家的兴武哥突然到了医院。兴武哥当时在王爷府高中上学，说："老叔你缺钱了吧，我给你送钱来了。"从戴的手套里掏出五百块钱。老叔当时乐得眼泪掉下来，说："看我这侄子，还想着老叔有难处，真是救急。"老婶嘴上没说，心里挺感激，以后经常讲，刘兴武在最困难的时候帮助了自己，啥时候也不能忘。

到了腊月二十七，医生看孩子大人挺健康，建议回家过年。爷爷奶奶一直在家担心着，看老叔老婶抱着孩子进了门，说孩子都挺好的吧。老婶说一切顺利，把儿子抱到东屋炕上，一家人高兴得合不拢嘴。

过年那一天，奶奶给老婶端上一碗热气腾腾的饺子，说迎春吃吧，好好过个年。老婶心里相当感激，心里想老人这么大年龄还照顾自己，以后不管怎么样也要好好回报。给孩子取名叫刘兴冉，在我们这一辈中排行最小。

挣钱养家

结婚时，老叔的商店还开着，几袋大米几袋冰糖几袋盐，缸里只剩下点酱油。老婶想这日子咋过，三天回门时和娘家人说了情况。娘家人说："既然结了婚就要好好过，公公婆婆年龄那么大，只能靠自己把日子过好，你也有父母，不能不孝顺。"

回来时娘家人给了三千块钱，老叔老婶第二天赶着毛驴车去赤峰，进了一些日用百货。那时日子都困难，买货净赊账，到年底收账不好要，不能说不挣钱，还是纾解了穷日子，家里的一切开销，如化肥、种子、电费都从这里支出。

两千块钱的高利贷还没还，债主来家里要钱。老叔和老婶琢磨着还钱，抓了两个猪崽喂到年底，卖了三千六百多块钱，连本带利还上人家。老婶说家里没啥收入，进不起货还耽误活，关了商店好好种地吧。

结婚后不长时间开始种地，老婶下地跟着干活。我爸他

家人合影
第一排左起老婶、四婶、大娘、二娘、老姑
第二排和第三排按年龄自小到大从左排起
第二排为我同辈的三个姐姐
第三排为我们同辈的哥兄弟

们哥四个一起种地，互相也有个照应。老婶不会干活，看别人咋干也跟着学，家里人挺照顾她，从来也不挑剔。没有柴火烧时，老婶早晨上山干活，中午回来还要捡柴火，奶奶年龄大了，在家里做不好饭，只能等老婶回来。

兴冉出生后，老婶不能去地里干活，家里的活由老叔一人干。爷爷奶奶能分担一点轻快的家务活，奶奶收拾院子照看孩子，爷爷出去放毛驴。

有一天，爷爷没牵住毛驴，毛驴把爷爷拖出挺远，到医院一查是骨折，身体慢慢垮下来，再也没能站起来。老叔、我爸、二大爷、四叔几家人轮流照顾爷爷。

营子里有个亲戚认识一个在赤峰医院上班的朋友，说到那里拿药便宜。老叔每天去一趟，亲戚骑着一个摩托车带着他，一共跑了十多天。老婶对老叔讲，日子再困难也难不倒咱俩，还有一大家子人帮衬着，只要身体健健康康的就是好日子。

爷爷的身体越来越虚弱，奶奶也着急地病倒了。那个时候奶奶在炕头输液，爷爷在炕梢输液。爷爷去世时，兴冉只有三岁，老婶想着天都塌下来了，进门一年多就没了依靠。

那时日子是真的困难，老叔还经常耍钱，输赢不定，急了眼把家里的钱也拿走。有一次，家里有一百七十多块钱，老婶怎么找也找不到，老叔两天不进家，不知道干啥去了。等到第三天回来，老婶问老叔把柜里的钱拿去了吧，老叔说耍钱输了。

老婶说本来日子就挺困难，舍不得吃舍不得花，一件衣服也舍不得买，上有老下有小，不知道家里哪会儿用钱，你还拿着钱出去玩，这日子咋过。说完，老婶生气地扛着叉子拿着袋子，上地去挖桔梗。

老叔知道自己理亏，在后边跟着走。老婶看着老叔不争气就愤慨，说："你出去玩好几天见不着影，家里钱也输没了，日子本来就困难，你怎么不往好道上赶呢。”老叔年轻气盛，和老婶吵吵起来，俩人快要动起手来。

正好一个表外甥媳妇在跟前，说：“老舅你咋不说理，老舅妈自己在地里挖了好几天的药，都没看见你人影，你这一回来就开打，实在不应该，把钱输了要好好干活。”老叔听完不吱声，和老婶一起挖桔梗，挑拣完骑着自行车去卖。打仗总是偶尔的事情，老叔要钱慢慢有个限度，春夏秋三季蹲在地里干活，没少受累。

就这样过了七八年，看赚钱不多，老叔老婶商量着做豆腐。当时老婶的亲兄弟在街里上班，给老叔老婶租了一个三十平方米的小房子，房子不到三米高，前后都是高高的楼房，从早到晚黑漆漆。

每天晚上十点泡上豆子，早晨四点起来做豆腐，到早市上去卖。出来后老叔才发现外面赚钱也不容易，辛辛苦苦攒下一点辛苦钱，也没个亲戚朋友在身边。有时老婶自己做豆腐，老叔四处打零工，多挣点钱贴补家用。

夏天听人说，家里遭了水灾，那天的豆子已经泡好，俩人没来得及做豆腐，就匆匆忙忙往回赶。看到家里被冲得乱七八糟，井淤了，水也进屋了，老婶的眼泪吧嗒吧嗒地往下掉。

家里人安慰一阵说，豆腐摊既然支下，只能坚持到年底。俩人简单收拾后又回到赤峰，平时抽空回来看看，回来一次哭一次，干到年底终于攒下点钱。不过现在回想起来，把孩子和老人扔在家里，俩人还是很后悔。

老叔和老婶回来后商量，不能出去了，好好在家照顾老人孩子，人穷志不穷，咱们也种药材。日子总算好了点，家里置的第一样电器是电饭锅。老叔对奶奶说，终于买了一件有用的做饭工具，以前烧火做饭把眼睛熏得够呛，以后不用烧火就能吃上米饭。

家里地少，老叔和老婶去下水地包了一块地，种上沙参。那年沙参价钱不错，种了二亩七分地，卖了五万五千块钱，不敢挪用都存起来。奶奶不知道什么时候会生病，兴冉上学也等着用钱。日子总算比原来好了许多，可是奶奶一年比一年老，兴冉的学费也不少。

过了几年，大嫂的娘家兄弟有一辆五轮车想要出售，问有没有人买。老婶想，有车能接很多活，老叔开车干活，不耽误照顾家，问老叔想不想买。老叔当然想买，只是没有买车的本钱。老婶二话没说回到娘家，总共筹了一万三千多块钱，基本上是十元的，一百和五十面值的很少。

车总算是置下，老叔老婶用这辆车收过木头，卖过西瓜，拉过煤，东奔西跑没少受累。想到奶奶年纪大了兴冉还小，还上娘家的饥荒后把车卖掉，卖车钱算是纯攒下的，总算为未来的生活挣下本钱。

供孩子上学

兴冉一天天地长大，到了上学年龄。老婶对兴冉讲："我们把一切的希望寄托在你身上，你要好好学习改变命运，我们俩再困难都不算个啥，只要你学出个样子就行。你奶奶算了一卦，你不是属狗的吗，说你是一条精狗，还等着你念完大学挣钱给她花呢。"

兴冉人老实，也挺有心劲，小学成绩每次都排在前面。任课老师很器重，有时把老婶叫去谈心，说："你儿子学习挺好但完成不了作业，你在家老打麻将影响孩子学习。"老婶回家和老叔讲了，俩人逐渐减少了打麻将，晚上督促做作业。

兴冉读完小学，考入牛家营子初中，在学校住宿，头一年挺费力，就是不愿意上学。和老师说头疼想回家，老师没办法给了假。回家后，老叔老婶以为感冒了，领着去大队输液，但是不管用。

不想念书是心病，怎么能治得好。没办法老叔老婶领着去镇里看病，学校也在镇里，输完液准备送回学校上课，可是兴冉怎么也不想住宿。老婶没办法，买了一辆自行车，学校家里两头跑，在凛冽的风中接送一个秋天，风刮得脸生疼。

有一次，看把父母折腾得实在够呛，兴冉说自己好多了，想回去住宿上课。说也奇怪，学校每周放两天假，兴冉就是坚持不到五天，三天半马上想回家，又和老师请假回到家里。

老叔老婶问："回来干吗，放假了吗？"兴冉也不说话。不知道到底怎么回事，就问是不是生病了，还是不说话。其实当时他心里憋着一句话，就是不想念书，看到父母希冀的眼神，实在说不出口。

老叔带着兴冉去村里看病，当时是寒冬腊月，天上飘着大雪，输完液外面的雪已经很厚很深。老叔问他去上课还是回家，他说去上课吧，虽然想回家却说不出口。老叔顶着雪领到学校门口，兴冉站在门口没有动。

没办法，老叔领着到了教学楼前，兴冉走到教学楼里，躲在二楼拐角处，偷偷地看着老叔站了半天才转身走，眼泪不由自主地流下来。不知道为什么哭，也许是想家，也许是不想上课，也许是心疼父母。兴冉现在回忆起来，说当时自己的小心思早被看穿，只是他们不说，看着我闹、陪着我闹。

初三时，兴冉学习成绩越来越突出，最好的一次是考入前五十。每次回来，老婶都给改善伙食，努力让孩子吃好。不管家里大人怎么受累怎么苦，不能苦了孩子。考高中时差一分半没有上实验班，老叔就想着反正差得不多，准备托人上实验班。兴冉说，考哪就在哪，学习靠自己，以后不一定谁比谁强。

上了高中，兴冉倒是不想家了，学习成绩基本排在前面。老叔和老婶经常鼓励要好好学习考一个重点大学，以后有一个好工作，省得和爹妈一样受这么大的累，在家种药挣不多少钱，一年挣一年光。兴冉倒是挺长心，开家长会多次受到表扬，老叔和老婶觉得挺骄傲。

到了高三关键时候，老叔鼓励兴冉说："你哥当年在外面租一个房子，每天不到十二点不睡觉，早晨五点起来接着学，然后考上大学。"兴许是老叔的话给了灵感，兴冉一门心思地想要在外租一个房子，效仿所谓成功人士的经验。

小镇不大，却有十几家网吧。老叔老婶实在不放心，打算来一个人过来陪读，给孩子增加营养，创造一个良好的学习环境，一个人在家打理地里的活。

老叔老婶开始租房子，买了做饭的工具。最先是老婶过来，每天的任务是洗衣服，买点肉、青菜、水果补充营养。一个月后老叔过来，每次兴冉放学回到租房，都看到老叔坐在窗边静静地吸烟，或许是在为学业担心。

后来，兴冉高考没考好，四百二十八分，只能上个二本。老婶看着孩子学习太累，想着报个普通二本。老叔没让走，想着考个更好的大学。后来问兴冉，兴冉说还想再读一年，再努力冲刺一下，考上理想的大学。

兴冉补习了一年，倒是挺努力，高考时考了四百九十七

山上成片成排的大扁杏树

分，报了个一本。老叔老婶感觉挺欣慰，在家辛苦地种地连照顾奶奶，日子累点不算什么。

送 终

爷爷去世后，奶奶跟着老叔老婶一起过。奶奶心直口快，有话就说，说过之后啥事没有。老婶也有脾气，偶尔争吵几句，过后想老人年龄这么大，不要气她了。娘俩的思想也不一致，奶奶过惯了苦日子，啥也怕白瞎了怕掉了怕丢了，老婶偶尔买点贵东西，奶奶认为没有必要。

2015 年夏天，奶奶已经九十多岁，一天比一天老，一天不如一天。老姑夫去世后，奶奶怕老姑一个人孤单，去老姑家住了几个月，家里人经常去看。

兴冉放暑假也去看，奶奶说："你老姑孤单一个人，没人和她做伴，奶奶想和她做个伴，回家就想你老姑，在这还想你爸你妈。回来和你爸你妈说，好好种地多收入点钱。"

秋天，老姑家的大表哥给老叔打电话，说奶奶病得厉害了。老叔老婶正在挖药，赶紧打车去接，奶奶骨瘦如柴，已经站不起来。到了家门口，老叔把奶奶抱到屋里，秋季天不冷，但奶奶怕冷，老婶说抱到咱西屋，撑一个枕头让奶奶躺着喝点热水，脸色还是铁青色，赶紧叫来村里的大夫输液。

老叔老婶早晨起来把奶奶紧紧包上，然后上地挖药，干活不放心，中午还要早回来。有时候大爷过来边照顾奶奶，边看着自己家孩子。奶奶平时吃点鸡蛋、水奶、粥，有时吃点疙瘩汤。

奶奶身体恢复了一些，勉强能下地。看着院子里堆着黑白菜，还惦记着收拾出来。有一天，老叔老婶挖药回来，奶奶说把白菜编上放到了屋里。老婶进屋提起菜，噼里啪啦地掉一地，心里明白奶奶已经心有余而力不足，病成这样，年纪这么大，有点活还惦记着干，怕子女累着，感动得眼泪流下来。

奶奶后来又输了七天液，和家里人说这么大岁数也该死了，活着是个拖累，让一大家人又受累又操心。老叔老婶听了眼泪直转圈，赶紧说："养儿就是防病防老，妈，你啥也别想，就好好养身体，身体养得棒棒的才是我们俩的福。"

奶奶说这回不中了，岁数也大了，自己明白撑不了多久。后来老婶说："妈，你这么大年龄，上厕所就在屋里，这里除了儿子就是媳妇，没有外人，到时候给你往外倒。"

老叔老婶想着一定好好伺候奶奶，我爸、二大爷、四叔和大爷轮流照顾。后来一家人商量，虽然奶奶年龄大了，总觉得心疼，穷也好富也好，还是要好好治治，老人身体硬硬邦邦看着才高兴。

下午，老叔老婶和兴文哥打车拉着奶奶到了牛家营子医院。院长不愿意留，说年龄太大输液也没用，还是回去吧。兴文哥和院长商量，这么大年龄还是想治治，治好治坏赖不上你，不能看着老人受罪。

院长说那就上住院处吧，叫大夫输液。奶奶一共住了九天院，一大家人轮流照顾。有一次，奶奶拉着我妈、四婶和老婶的手，说什么也不撒开也不让走。奶奶真是糊涂了，不知道是在医院，还问在哪呢，家里人看着真心疼。

住了九天院，情况有所好转，院长说什么不再留。老叔老婶和一大家子人商量，冬天没活好照顾，或许到春天时病就好了。如果还是不好，一大家人一起种地，留下一个人在家照顾。奶奶回来后躺在炕上，吃不了多少东西。

每天老叔在屋里照顾，一会儿问问，“妈，你喝奶吗”，一会儿问，“妈，你吃水果吗”。

有时老叔老婶陪着奶奶睡在炕上，有时老叔自己陪。有一天快到十一点，老婶看到奶奶搂着老叔，娘俩都睡了。大概奶奶还把老叔当小孩看，其实老叔都四十了。老婶的眼泪都流下来，想着一个人没了妈，又是谁的儿子呢？

奶奶病得一天比一天厉害，一家人轮流照顾。奶奶清醒时，家里人问最想谁，奶奶说最想老孙子刘兴冉和三孙子刘大伟，时常问他俩回来了吗。家里人赶紧说：“快回来了，你好好地养病，过两天就能看见了。”

奶奶去世前，家里人想给奶奶输液，找了村里的医生。

医生说老太太年龄太大，血压太低，输液也不行，建议买个氧立得。家里人赶紧买回一个，几个人正捣鼓着怎么使用，奶奶不行了，想喘口气都喘不上来。

我爸说，唉，人要死也这么难，这辈子真是不容易。家里人一边喂稀饭，一边修氧立得。老婶看奶奶慢慢地不动了，赶紧招呼我爸，说："三哥，你看妈咋不动了。"我爸和老叔抱着奶奶拼命地喊，奶奶勉强睁开眼，无神地看了看家里人一眼，眼睛再也没有睁开。

儿孙们围在身边哭成一片，那场景真是太伤心了。

附录：近支家谱

刘德宏
刘禄
刘文仁
刘文义（刘霍氏）
刘文礼（刘王氏）
刘文智（刘王氏）
刘文信（刘刘氏）
刘合（朱秀英）
刘春
刘方
刘英（张枝玲）
姑奶奶
刘素兰(女)（李国山）
刘相明（王桂芝）
刘秀云(女)（杨万福）
刘相军（于桂明）
刘相民（刘桂芹）
刘相阳（刘晓玲）
刘相前（张迎春）
李树庭（高素侠）
李淑芬(女)（李振岭）
李淑芝(女)（邢富）
李淑霞(女)（王志辉）
李树森（杜国英）
刘兴民（马晓莲）
刘伟杰(女)（刘运峰）
刘兴刚（张艳丽）
杨立辉（董文静）
杨海英(女)（徐海东）
杨海凤(女)（董继波）
杨海成（于桂萍）
刘伟红(女)（王海东）
刘兴文（王丽娟）
刘兴武（文铮）
刘欣然(女)（丁全）
刘大伟（于丹）
刘大胜（孙慧娟）
刘兴龙
刘兴冉
李晓春（王晓杰）
李二雷（张晓丽）
李家平（于秀文）
李家亮（孙明明）
邢凯楠
王硕(女)
李阳（赵颖）
刘婧宇(女)
刘静波
刘文驰
刘雪涵(女)
刘鑫洋
杨政熹
徐佳慧(女)
徐志远
董洋(女)
董奇
杨紫涵(女)
杨一轩
王鑫宇
王泽宇
刘静思(女)
刘静轩
刘文铭泽
丁怡敏(女)
丁雨辰
刘硕研
刘天恩
李泽帅
李泽祎
李勋
李策(女)
李俊
李语萱(女)

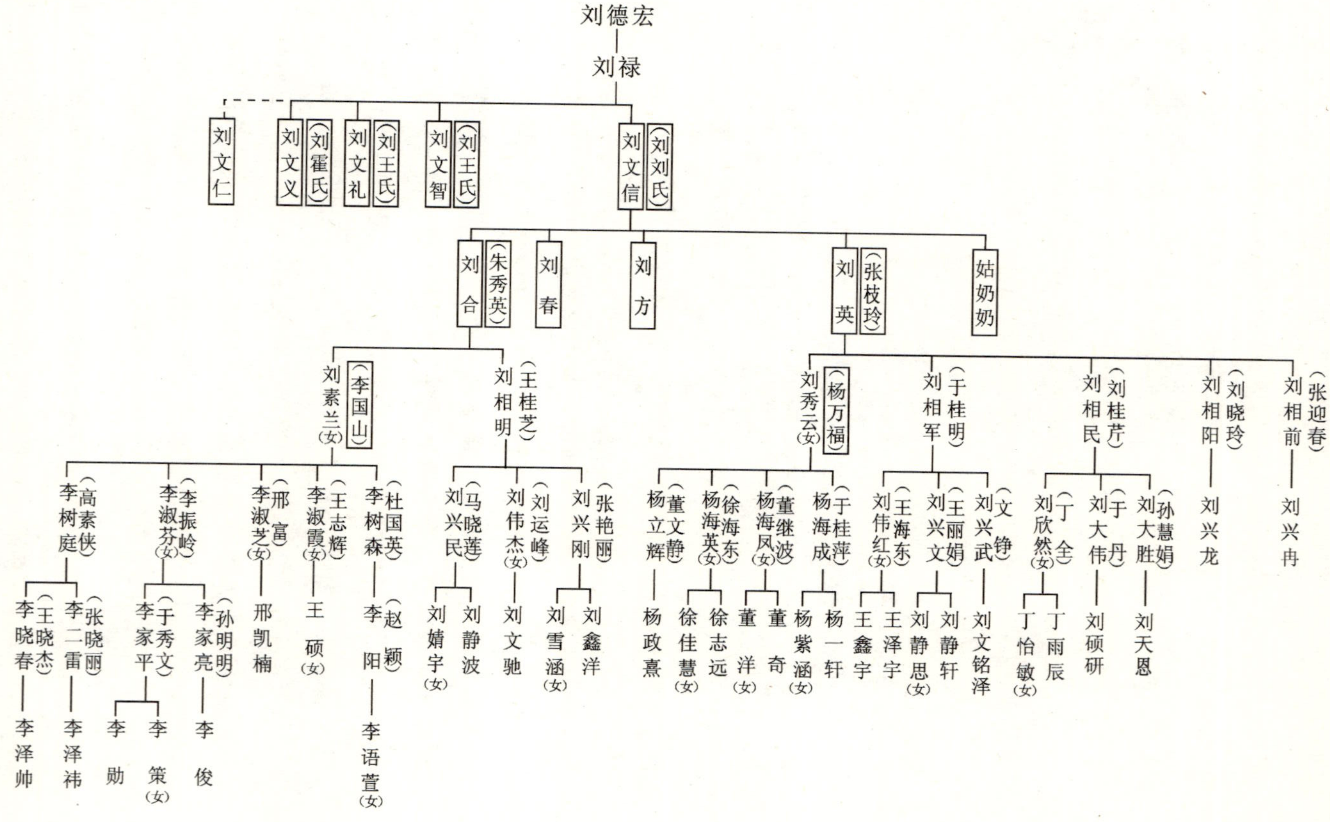

参考文献和资料

一、录音资料

1. 刘素兰（大姑）：232 分钟
2. 刘秀云（老姑）：260 分钟
3. 刘相明（大爷）：175 分钟
4. 刘相军（二大爷）：180 分钟
5. 刘相民（爸爸）：50 分钟
6. 刘桂芹（妈妈）：146 分钟
7. 刘相阳（四叔）：178 分钟
8. 刘相前（老叔）：13 分钟
9. 张迎春（老婶）：90 分钟
10. 李淑霞（三表姐）：422 分钟
11. 刘兴民（大哥）：10 分钟

12. 刘伟红（二姐）：15 分钟

13. 刘兴文（二哥）：32 分钟

14. 刘兴刚（三哥）：15 分钟

15. 刘志（大舅）：46 分钟

16. 王秀珍（远支的大娘）：137 分钟

17. 刘树民（远支的六哥）：138 分钟

18. 荣凤歧（邻居、三大爷）：80 分钟

19. 马福彪（邻居、二大爷）：72 分钟

20. 马福刚（邻居、老叔）：50 分钟

二、参考文献

1. 中国人民政治协商会议喀喇沁旗委员会文史资料研究委员会编印：《喀喇沁旗文史资料》（第一辑），1984 年版。

2. 中国人民政治协商会议喀喇沁旗委员会文史资料研究委员会编印：《喀喇沁旗文史资料》（第二辑），1985 年版。

3. 赵桂馥、马世昌、沈瑞林编：《喀喇沁旗地名志》，1986 年版。

4. 中国人民政治协商会议赤峰市委员会文史资料研究委员会编印：《赤峰市文史资料选辑》（第四辑 / 喀喇沁专辑），1986 年版。

5. 中国人民政治协商会议喀喇沁旗委员会文史资料研究委员会编印：《喀喇沁旗文史资料》（第三辑），1987 年版。

6.《赤峰四十年》编委会编辑:《赤峰四十年(1947—1987)》(内部发行),1987年版。

7. 中国人民政治协商会议喀喇沁旗委员会文史资料研究委员会编印:《喀喇沁旗文史资料》(第四辑),1989年版。

8. 中国人民政治协商会议喀喇沁旗委员会文史资料研究委员会编印:《喀喇沁旗文史资料》(第五辑),1992年版。

9. 中共喀喇沁旗委党史征研委员会、喀喇沁旗档案馆:《中国共产党喀喇沁旗党史大事记》,1995年版。

10. 赤峰市地方志编纂委员会编,武国栋总纂,董信、魏昌友、孙晓雷副总纂:《赤峰市志》,内蒙古人民出版社1996年版。

11.《喀喇沁旗志》编纂委员会编,郑家彦总纂;《喀喇沁旗志》,内蒙古人民出版社1998年版。

12. 安亚申主编,庞伟、袁野、侯立新、丑志刚编辑:《喀喇沁旗人物志》,1999年版。

13. 北京市政协文史资料委员会编:《北京文史资料》(第62辑),北京出版社2000年版。

14. 陈军力主编:《魅力喀喇沁》,内蒙古大学出版社2004年版。

15. 汪国钧著,玛希、徐世明校注:《蒙古纪闻》,内蒙古人民出版社2006年版。

16. 隋鸿飞:《内蒙古喀喇沁旗宗教信仰的历史与现状调查》,西北民族大学硕士学位论文,2007年。

17. 国占云等编辑:《喀喇沁民间故事》，喀喇沁作家协会2006年版。

18. 乌力吉等编辑:《牛家营子镇民间故事》，2009年版。

19. 王洪莉:《赤峰地名研究》，中南大学硕士学位论文，2010年。

20. 于永:《燕北山区的蒙汉杂居村——内蒙古喀喇沁旗王爷府镇富裕地村调查报告》，社会科学文献出版社2012年版。

21. 张红民编著:《敖汉方言例释》，内蒙古文化出版社2012年版。

22. 马晓军，陈自明主编:《喀喇沁旗气象灾害防御规划》，内蒙古科学技术出版社2013年版。

23. 季文会:《喀喇沁风物》，中国社会出版社2014年版。

24. 陈明、刘泷、马文基:《总理关怀下的牛家营子中药材市场》，《赤峰日报》2014年5月26日第001版。

25. 孙笑天:《村落通名“营子”——内蒙古喀喇沁旗牛家营子镇村落命名简析》，《金田》2014年第12期。

26. 刘国祥:《红山文化研究》，中国社会科学院研究生院博士学位论文，2015年。

后记：人生如蒲公英

人生如蒲公英，飘起的是未来，落下的是命运。

2015年12月20日，小孩还没过满月，我却收到奶奶去世的噩耗。浓浓的悲伤涌上心头，眼泪却怎么也流不下来。等我赶回家，跪在灵前，看着遗像，再也抑制不住内心的悲伤，才放肆地大哭一场。

想起过去的点点滴滴，回忆起阅读阎连科《我与父辈》时的感伤，突然想写一本书记述家族祖上和这一支脉的命运，通过一本书折射整个社会的发展，为中国近现代史下一个小注脚。

我与家人说了大体想法，首先由我和家里的小辈搜集长辈的口述资料，以录音的形式保存，整理出几十万字的录音文字。然后由我搜集尽可能多的乡土资料，二者相互印证，重新撰写。最后再找有意愿的出版社，把这本书正式出版。

家人说：有人做过这个事情，保留了很多家族资料，但没有能出书。以前，远房的刘相华大爷写过一个家史，还专门去山东寻过老家的人，但他去世后，便再也没人接手。家谱原来保存在远房的三大爷手里，后来被同辈借走，弄丢了。河西的六哥刘树民整理过家谱，具体进行到哪一步，不太清楚，如果能整理出个大概，倒还可以参考。

奶奶出殡后的第二天，我就匆匆忙忙回到北京，临走时教会大家如何做录音。兴文哥专门买了一个录音笔，和爸爸一起拿着，开始录音。父辈都是农民，平时闲聊还能说上一大段，一到录音就脸红脖子粗，前言不搭后语，断断续续。不过，最终还是有了几百分钟的录音，祖辈和父辈的基本情况总算清晰起来。

小弟刘兴龙也帮忙给四叔做了录音，刘兴冉给老叔和老婶录了几段。大姑家的三姐更积极，不但录了大姑和老姑几段，自己还录了几百分钟，讲述大姑、老姑和自己的人生历程。

村子里的乡亲邻居也纷纷参与，马福彪二大爷、马福刚老叔、荣凤岐三大爷也录了上百分钟。等我再回乡时，又找王秀珍大娘和刘树民六哥录了几段。很感谢各位家人和乡亲邻里，是他们的一生为本书提供了素材，又是他们的讲述为本书提供了内容。

整理录音文字的过程中，我也搜集了大量的乡土资料和报刊资料，包括《赤峰市志》《喀喇沁旗志》《喀喇沁文史资料》《牛家营子民间故事》《红山晚报》《喀喇沁报》《百柳》等。

还搜集了一些专业的研究论文，如《内蒙古喀喇沁旗宗教信仰的历史与现状调查》《赤峰地名研究》等，力图使《留鸟》客观公正，不落乡愿俗套。

家人的录音材料和相关辅助材料已足够我撰写这部书。家国情怀杂之以身世之感，是中国文学的特性，也是一切美感的源泉。在写作的过程中，我逐渐形成了一个思路，可以在《留鸟》基础上，按照村、镇、旗、市、区、国的行政级别，写出家国情怀的系列书籍，互相参照、互为补充。同样采取口述史资料与乡土资料相结合的方式，当然随着行政级别的提升，相关写作也会更侧重文献。

初衷如此，却并不能够实现，倒不是因为能力不行，也不是因为不赚钱。我已经离开家乡很多年，偶尔回去的时间也不多，以后回去会越来越少，故乡远去终是个无法回避的现实。什么时候再回去，整理好录音，查找相关档案资料，这是无法计划的事情。我可以把钱穆的《师友杂记》等书作为资料读，却无法有他那么好的闲情逸致，温情脉脉地回忆远去之人、逝去之事。

对我来说，回忆基本上是二次伤害，世间没有那么多美好的事情值得眷恋。遇到哀怨、幽怨、凄厉、愤恨之事，即使是脸上还挂满笑容的人，同样能感到无法遏制的悲伤，自己也好像如此。世间这类人，只有更多，不会很少。这是个人的性情作怪，还是世间本就如此，自己也说不清。这也让我不太愿意有更多的回忆，因为回忆是把勉强愈合的伤口再一次撕裂。《留鸟》中的回忆已经足够多，大量的回忆还是被有意识屏蔽，即使写父母，也仅仅是回忆出最需要写的部分。

学术是一人之事，从来不是一群人、一堆人、一帮人聚在一起可以完成。有几位真心相交的师友，一两个月相聚一次已经足够。带着一百二十分的不情愿，留在嘈杂的北京，举目皆是熙熙攘攘的人群，一定要找个存在的理由。

李泽厚的早年、中年和晚年，总是不愿意回忆过去，对他来说任何回忆都是一种痛苦。即使偶然回忆，也是学术为主，谈及人生欲言又止，话到嘴边又咽下。阅读他的访谈录，总感觉思想的原创、深刻、成体系，有一丝丝透析之感。但哀婉与孤独之情，遍布华林，又带着生命的希冀，促使人在这个喧嚣的世界踽踽独行。孤独的人最有力量，这句话不是浅薄如胡适等人所能理解的。

多谢我的家乡和亲人，为本书提供了基本的素材。也感谢四川社会科学院《当代史资料》编辑部，先期发表了部分片段。

感谢出版此书的万卷社，也感谢想出《留鸟：北方乡村的生命纪实》这个书名的责任编辑，在书稿编辑的过程中，我虽有些许遗憾，但也欣然接受。

刘大胜

2017 年 12 月 12 日于北京

图书在版编目（CIP）数据

留鸟：北方乡村的生命纪实 / 刘大胜著. —
沈阳：万卷出版公司, 2018.6
ISBN 978-7-5470-4936-5

Ⅰ. ①留… Ⅱ. ①刘… Ⅲ. ①散文集－中国－当代
Ⅳ. ①I267

中国版本图书馆CIP数据核字(2018)第107291号

出 品 人：刘一秀
出版发行：北方联合出版传媒（集团）股份有限公司
万卷出版公司
（地址：沈阳市和平区十一纬路25号 邮编：110003）
印 刷 者：辽宁泰阳广告彩色印刷有限公司
经 销 者：全国新华书店
幅面尺寸：145mm × 210mm
字 数：220千字
印 张：8.75
出版时间：2018年6月第1版
印刷时间：2018年6月第1次印刷
责任编辑：胡 利
责任校对：张希茹
装帧设计：展 志
ISBN 978-7-5470-4936-5
定 价：35.00元
联系电话：024-23284090
传 真：024-23284448